谷から来た女

桜木紫乃

文藝春秋

谷から来た女

目次

谷から来た女

谷から来た女

今年は秋が早い――

滝沢龍《たきざわりゅう》が創成川《そうせいがわ》近くのテレビ局から出た途端、待ち受けたように雨が降り始めた。九月はひと雨ごとに寒くなる。東京の同業者は「涼しくなる」の間違いではないかと問い返すが「寒くなる」でいいんだと、北大に教授として赴任したときから繰り返している。

局ビルのエントランスから出れば雨に打たれる。ビルの自動ドアを振り返れば、入口付近にテレビ局の番組審議会のメンバーが数人たむろしていた。今日の審議会は、アイヌ女性のドキュメンタリー番組についてだったが、概《おおむ》ね好意的な意見が多かったなかで滝沢の感想は少々辛口だった。個人の意見と感想が求められているのだし、と毎回思うのだが、ひとりだけずれたものの考え方をしているのではという不安も頭を離れない。

つま先を戻し、信号が変わったところでダッシュを決め込む。走ることが嫌いではなかったはずが、五十を過ぎた今は見る影もないふくらはぎだった。

スクランブル交差点を斜めに走り込み、タリーズコーヒーの軒下《のきした》へと入る。会議で飲んだコーヒーを再び飲む気にもなれず迷っていると、隣の店に「ＯＰＥＮ」の札がかかった。

こんなところにワインバーがあるとは知らなかった。迷わず中に入り、濡《ぬ》れた髪やジャケットの肩をタオルハンカチでたたく。いらっしゃいませ、と迎えるマスターがカウンターの中で微笑《ほほえ》んでいた。

「いきなり降り出しましたね。最近の天気予報は驚くほど当たる。五時から雨と言ったら本当に雨だ」

「そうですか、見逃してしまった」

「雨宿りに使っていただけたら、わたしもありがたいです」

柔らかな口調に引き寄せられて、五席あるカウンターの端に座った。棚にはずらりとワインのボトルが並んでいる。すべて栓が抜かれているので中身は空だ。知っているラベルもあれば、見たこともない形の瓶もある。

ワインボトルで出来た壁に、手書きのメニューが並んでいた。ワイン二杯とつまみで千五百円という「夕ぐれセット」を見つけ、それを頼む。

「赤ですとブルゴーニュ、白ですとチリをご用意しております。泡がお好きでしたら、プラス五百円でスパークリングにも変更できます」

ひとりで泡入りの酒を飲む気も湧かず、チリの白を頼んだ。道路に面した窓に、叩きつけるように雨が降っている。来月はコートが必要になっているだろう。

今日の審議会が笑いに包まれたものであったなら、酒など飲もうとは思わなかった。我ながら気の弱いことだ。胸にはうっすらとした苦みが残っている。

滝沢が審議委員となったのは去年の夏で、コロナ禍ではほとんどの審議会がリモート開催となり、一年経った今も数えるほどしか他の委員と顔を合わせていない。以前は会議が終わればすぐにすすきのに繰り出していたと聞いたが、それもなにか今となっては懐かしい昔話のように響くのだった。

目の前に、グラスの腹あたりまで注がれた白ワインがやってきた。一番客へのサービスなのだろう。目で礼を言って、ひとくち飲んだ。香りがつよく、夏の終わりの味がする。つまみの皿にはローストビーフと薄切りのドイツパン、ブルーチーズには蜂蜜がかかっている。

稲光が走り、遠くで獣が唸《うな》るような音がする。通り雨になってくれればいいが。

二杯目も同じものを頼もうとマスターを見ると、その視線が窓の外に注がれていた。狭い軒下に人影がある。赤いワンピースが、そこだけ鮮やかに飛び込んできた。

赤城《あかぎ》ミワ——

今日の滝沢が持った陰鬱《いんうつ》たる気分の、まさに真ん中にいるのが彼女だった。

滝沢が今月の視聴番組である「アイヌとして」という三十分のドキュメンタリーを視聴した際に思ったのは、すべてにおいての食い足りなさだった。

アイヌ舞踊の伝承者が、自身の出自を卑屈に思うことなく生きるに至った半生を、三十分で表現するほうが無理なのだったが。しかしこの局が今までその枠で優れた番組を世に送り出してきたのも確かだった。

幼いころから感じていた差別や、自身の家族関係やいじめ問題などが無造作に投げ込まれた番組は、分かりやすい刺激を視聴者に手渡しながらどこかでこちらの理解力を馬鹿にしているような心持ちを与えてしまう。滝沢は、歯に衣《きぬ》着せぬ感想を求められている自分に、今回ばかりは少し酔った。

——僕はいつも思うんですよ、主人公にとっては一生に一度のテレビ出演かもって。制作側は無理やりいい話に落とし込んで来ますけれども、この人はこの番組を背負って自身のエリアで生きて行かなけりゃいけない。差別という言葉の取り上げ方も、主観的なものばかりに終始していました。「された」という言葉が多い番組から受けるのは、こう言ってはなんだけれど自己憐憫《れんびん》がつよく、質問者側の偏《かたよ》りを感じるんです。本来、主人公の受けるネガティブな空気を引き受けるのが番組側じゃあないのかな。三十分で伝えられることをもっと絞っていかないと、散漫な印象ばかりが残ると思います。

内容はきつくても、言い方はあくまで柔らかかったはずだ。

十人いる審議委員の、二番手の発言だった。ふっと会議室の空気が硬くなったのは感じたが、表面を撫《な》でただけのドキュメンタリーを褒《ほ》めたところで、審議会にはならないだろうと思っての正直な意見だったのだ。

後に続く発言は概ね番組に好意的なものに終始し、滝沢が作った硬い空気はちいさいもののわずかなしこりになった。

そのしこりを見事に片手で払ったのが、赤城ミワだった。

――いじめ、というのじゃないけれど、他愛《たあい》ないひとことにたくさん傷つきながら生きてきた先住民のわたしたちにとっては、とてもありがたい番組でした。「あなたはアイヌに見えないからだいじょうぶよ」って、どういう意味なのかいつも考えていましたから。これは、シサムには決して分からない感覚だと思います。この土地で幸せに満ちていたはずの生活がいつの間にかマイナスになっていて、そこから這《は》い上がれずに死んでいった先祖や友人がたくさんいます。番組を作ってくださって、ありがとうございます。

和人《わじん》がシサムと呼ばれていることも、デザイナーの赤城ミワがアイヌ民族であることも知らなかった。社長を始め、会議室の向かい側に一列に並んだ制作陣が一様に安堵《あんど》する表情を見せたとき、尤《もっと》もだと思いながらも気持ちがへこんでゆくのを止められなかった。

マスターの視線が滝沢に戻ってくるのと、滝沢が店のドアを開けるために立ち上がったのは同時だった。雨に打たれている赤いワンピースを、見て見ぬふりは出来ない。

「雨宿り、いかがですか」

最初はそれが同じ審議委員の滝沢龍だとは気づかぬ様子だったが、辻向かいにあるビルを指さしたところで「ああ」という表情になった。誘いに応じた彼女もやはり、たて続けにコーヒーを飲む気持ちになれず途方に暮れていたとのことだった。

「横断歩道を戻るとまた濡れるし、雷が鳴って、怖くなっちゃって、タクシーが来たら飛び乗ろうと思ってたところでした」

赤城ミワはマスターから渡された二枚のタオルを受け取り、黒々とした髪を拭《ぬぐ》う。ワンピースの肩から胸にかけても濡れており、彼女はもう一枚のタオルを肩にかけ、席に着いた。

このあとは仕事が入っていないという赤城ミワは、無表情でスパークリングを頼んだ。

カウンターに並んでみて、滝沢は改めて今日の発言を思い返す。恥じるところはないが、傲慢《ごうまん》であったことは認めるところだ。いい年をして正論を得意げに口にしてしまった。

なにを話せばいいのか迷いながら、結局「夕ぐれセット」の二杯を飲み干してしまい、彼女と同じスパークリングを注文する。三杯目にしてようやく店に流れる音楽が聞こえてきた。洋楽は遠い昔に少しグラムロックを聴いたきりで、それも当時仲の良かった女の受け売りでしかなかった。流れる曲もアーティストもまったく分からない。

触れられない話題が多いのは今日に限らず滝沢龍の自信のなさであったが、今日ばかりは彼女の凜々しい発言と、デザイナーという肩書きに少し気後れしている。

仕方なく彼女の頭越しに窓ガラスを見た。雨は止みそうにない。視線をカウンターにもどしたところで赤城ミワが軽く頭を下げた。

「今日は、お疲れさまでした」

「いや、なんだか――」

知らなかったとはいえ申しわけない発言でした、と続けそうになり慌ててのみ込んだ。それは彼女の言った「アイヌに見えないからだいじょうぶよ」という周囲の言葉と何ら違わないのだった。嫌な汗が滲《にじ》む。

一杯目のスパークリングを勢いよく飲み干した赤城ミワは、長く濃い睫毛《まつげ》を上下させたあと、濡れた髪を耳にかけて「おいしい」と言った。二杯目へゆくのが早い。隣に滝沢がいることなど気にもしない様子で蜂蜜のかかったブルーチーズを口に入れた。

「たしか、北大の――」

「滝沢です。今日ちょっと失礼な発言をしたかなと、気になってました」

番組の意図を汲まない発言をした男のことを思い出したのか「ああ」と腑《ふ》に落ちた表情になる。

「当然の発言だったと思います」

意外な応えに、すぐには言葉が出て来ない。滝沢の気まずさは彼女が番組を肯定したことでより深いものに変わってしまったのだ。

「滝沢さんの感想は、もっともだとわたしも思います。あなたの言うとおり、されたことばかりを口にしていたらただの被害者になってしまう。滝沢さんが言わなければ、たぶんわたしが言っていました」

「どういうことですか」

グラスをカウンターに戻し、その黒々とした瞳に訊《たず》ねた。赤城ミワはその目の奥で少し考える素振りのあと「バランス、です」と答えた。

「古いものを守るのと、新しいものを作るのは、たぶん同じ土俵になけりゃあいけないいんです。でも、あまり仲良く出来ないのも本当のところで。幸いわたしはデザインを生業《なりわい》にしているので、そこにちょっとずつオリジナルを入れてゆくことが出来るんです。いつの間にか新しいものになっていて、それが受け容れられていればいいと思ってます。オリジナルが認められるまでには、少し時間がかかるんです。毎日が、そのための勉強です」

すっきりと言い切る濡れた髪の女を、滝沢は改めてまじまじと見た。ちいさなまるい顔に、大きな目が深い印象を残す。唇にはその名にふさわしい赤い紅《べに》が映《は》え、彼女の内側につまらぬ駆け引きも引き算も遠慮もないことを物語っていた。

彼女の迷いない言葉と態度にふと、若い日を思い出した。与えられた研究がひどくつまらなく思えて、大学を去るつもりで恩師に正直に伝えた日のことだった。

——その研究をつまらないものにしているのは、人としてつまらないあなたではないかな。

恩師は、三年前に鬼籍に入った。東京の研究室にいた自分が北大の経済学部に迎えられたとき最も喜んでくれたのも彼だった。

すっと自分を若い日に戻してくれる大きな瞳に、吸い込まれた。リモート画面以外で会うのは二度目だ。過去、気になっていながら声を掛けられなかった女を思い出させて、少し焦る。多少惹《ひ》かれているにせよ、このくらいの気持ちは幾度《いくど》もあったと滝沢は自身を戒《いまし》めた。

「大学では、なんの研究をしてるんですか」

「ドラえもんです」

もう何度も訊ねられ、すっかり定番となった言葉を返した。赤城ミワも「ドラえもん？」と半分笑いながら訊ね返してくる。

「専門は経営学なんですけど、日本の漫画ビジネスの成り立ちから発展まで、どうして日本はこの分野で世界に打って出られたのか——って、そんなことを研究してます」

「面白そう」

愛想笑いの似合わない女が笑ったので、少し気をよくした。

映画や音楽といったコンテンツビジネスは長年アメリカが世界をリードしてきたが、日本のコミックとアニメーションはアメリカとは異なる作品作りや経営手法で市場を拡大してきたのだった。

漫画やアニメは好きなのかと問うと「好き」と返ってくる。悪い気はしない。

「僕は正直漫画は読まないしアニメにも興味がなかったんで、まさか自分がドラえもんの研究をすることになるとは思わなかった」

「思いもしないところに転がってゆくのは、それはそれで楽しいことじゃないですか」

この女は良くも悪くも物事を言い切る。信奉者も多いに違いないが、同じくらい敵もいることだろう。こんなとき滝沢の胸に落ちてくるのはいつも羨望《せんぼう》だった。

赤城ミワは、アイヌ紋様を現代的にアレンジして生活空間に積極的に取り入れてゆく「スタジオMIKE」を運営していると言った。

興味はいつもくるくると移り変わり、今は写真に刺繡《ししゅう》をすることに凝っているのだという。いったいどんなものなのか、想像ができない。

「好きなものを作っているだけなんだけど、それが売り物になっていくのが、本当に面白いなあって思うの」

原価ベースのビジネスとは対極にあるものの考え方だった。デザインにおける価格設定のプロセスについて、純粋に職業的な興味が湧いてくる。

「自分の名前で売れるようになるまでは、受けが悪かったんですけれどね」

「新しいって、そういうことなんでしょうきっと」

「お時間があったら、見てください」

是非《ぜひ》に、と返した。

結局その日のミワはグラスに五杯の酒を体に流し込んだ。滝沢の歪んだ気分もほどよく矯正され、なにより赤城ミワという今まで出会ったことのない類《たぐい》の人間と接点を持てたことが素直に楽しかった。

しばらく、学外の人間と知り合うということがなくなっていたのだった。マスクを外して外出する人間も現れたものの、ワクチンが本当に効いているのかどうか、結果が出てくるのはこれからだ。ひとりで食べ、飲み、眠る。そんな毎日に慣れてきた日々に、風穴が空いた夕立の日だった。

マスターに呼んでもらったタクシーに乗り込み、大通から創成川を抜け「スタジオＭＩＫＥ」まで彼女を送り、滝沢は札幌駅北口に面した自宅マンションに戻った。十階の窓から見下ろす線路は黒く濡れ、ひっきりなしに電車が入っては出てゆく。

酔いを手放すのは惜しかったが、これから夜中まで仕事をするという女を引き留めるわけにもいかなかった。

程よいところというのもある——

大人の分別などとひとりごちて身を守った。

しかし、グラスに五杯も飲めばボトル一本に近いくらいの酒量だろうに。赤城ミワは酔った気配などみじんも見せずに事務所のあるビルへと駆け込んで行った。タクシーを降りる際に「ありがとうございます」と言ったのみで、こちらを振り向くことなく消えたのだった。

振り向き手を振ってくれるくらいの愛想を期待するのもやはり、捻《ねじ》れた分別だろう。酔いを片手にひとりにされると、再び面倒な心もちへと転がり落ちそうである。シャツの襟《えり》から雨に濡れて乾いたあとの体臭が立ち上り、バスルームへ向かった。

二日後の午後だった。

リモートでゼミの中国人留学生とのやりとりを二時間も続ける羽目になり、少々予定が狂った。内容はというと日本で就職するか本国へ戻るか、あるいは台湾に行くか悩んでいる、という。いくら話しても結論が出そうもないのは、結局日本での就職を滝沢の口利きに頼っているせいだと気づき、途端に脱力してしまった。

ひどく疲れ、冷蔵庫から缶ビールを出して一気に半分飲み干した。ひと息ついてメールのチェックをする。

メールの差出人に「スタジオＭＩＫＥ」を見つけた——同時に、スマートフォンのショートメールに別れた妻からも連絡が入った。

さてどちらを先に開こうかと一瞬考えたが、迷う余地もないことと気づきショートメールを開く。

——先週、父が逝きました。最後の頃にぽつりと「龍君はいい男だったと思う」と言われました。お見舞いを断ったことを、少し悔いています。ごめんなさい。報告まで。

深いため息のあと、残ったビールを飲み干した。

別れた理由は妻の不貞だ。滝沢としては、決して表には出せない離婚理由だった。気づいていたのは義理の父親ひとりであり、一度会って「申しわけない」と頭を下げられたのだったが。

相手は幼なじみだと聞いた。それ以上なにも知りたくなかった。一度や二度ならば滝沢もこれからの時間に紛れさせるくらいの自信はあった。自分にはそのくらいの度量はあると信じてもいた。しかし、結婚前からの関係となればそうもいかない。

四十五歳から五年間続いた熟年結婚の、これが滝沢に与えられた現実だった。

どっちも好き。

ひと昔前ならば男が言いそうな台詞をあっさりと放った女は、当初滝沢が大人の男を演じきってくれることを期待してでもいたのだろうか。最後まで謝らなかった。お陰で、あっさりと気持ちを切り離すことが出来たので、礼を言わねばならないくらいだ。残ったのは少しばかり傷ついたプライドと、戸籍の×印である。

結果、長く続いた幼なじみとも夫とも別れることとなった女は、今も新聞記者を続けている。四十代後半、もうけっこうな役職に就いているのではないか。

モニターから離れ、冷蔵庫からもう一本缶ビールを取り出し、勢いよくプルタブを起こす。スピリチュアル好きなゼミ生から、そうすると「悪い気」が散ると聞いた。亡くなった義父がそうだとは思わないが、この世には素手で触れられない訃報もあるのだった。

気持ちを切り替えて「スタジオMIKE」のメールを開いた。

――先日お話しした写真と刺繡のコラボ作品を、明日白老町《しらおいちょう》の「ウポポイ」に搬入します。お時間ありましたら、ご覧ください。アカギ
「ウポポイ」といえば、昨年アイヌとの共生をテーマに開館した国の施設だ。夏の盛りに一周年を迎えたというニュースをテレビで観た。

メールの末尾にスタジオの住所と電話番号が記されている。滝沢は注意深く数字を確かめ電話をかけた。

少し長めのコールのあと、赤城ミワが出た。

「スタジオミケ、赤城です」

滝沢が名乗ると、ふっと向こう側から緊張が切れた気配が伝わってくる。滝沢さん、と呼ばれてやっと記憶にある赤城ミワの声となる。

「一度見てみたいです。施設もずっと行きそびれていますし」

滝沢が展示期間を訊ねようと思った矢先、彼女が「それなら」と軽やかに言った。

「明日、よろしかったらご案内しますけど」

明日ですか、と言葉を切った。一緒に行くつもりの誘いと思わなかった自分に驚き、もう一度メール画面を覗《のぞ》き込む。明日の誘い、と読めなくもない。明日は幸い会議も入っておらず、急ぎの仕事といえばリモート講義の進行台本作りだ。それはまあ、と自分に問うてみる。明後日でも、充分間に合うのではないか。

「それはありがたい。よろしくお願いします」

思わぬ訃報の後だったせいなのか、裡《うち》に在る悔しさの名残なのか、死者への哀悼だったのか、声が少し低くなった。

「じゃあ、名刺にあるご住所に午前九時にお迎えに上がりますね」

何もかもが意外な方向からやって来る。明日の朝九時に赤城ミワの車で白老に向かうことも、想像外のことだった。高速に乗っても、太平洋側の白老までは一時間半はかかるのではないか。

「場所、わかりますか」

「ええ、同じマンションに友人がいます」

あっさり返され、それが男か女か気にしていない風を装いながら「助かります」と応えた。妻だった女がこの部屋を出てゆくとき、滝沢の生活から自家用車も消えたのだった。

運転も主に彼女がしており、ふたりでドライブに出かけるときも滝沢は助手席にいた。

通話を切ったあとに飲んだハイボールのせいなのか、翌日の約束のためにセットした目覚まし時計が気にかかってか、ひどく浅い眠りのまま朝を迎えた。目覚まし時計が鳴り響いたときはもう「起き上がってもよい」という許可に思えて、重たい体をシャワーで洗った。

ショートメールの返事は出さないままになった。お悔やみを言いたくても、本当に伝えたいのは亡くなった本人なのだ。「お義父さんご心配をおかけしました」、そんな台詞が許される場面はとうに過ぎている。

五十半ばとなった滝沢だが、腹も出ておらず若いときとそうサイズも変わらない。身につけるものは清潔を心がけている。それでも、自分よりひとまわり以上若い女の車に乗って往復三時間を過ごすとなれば気も遣う。

ジャケットのポケットに入れっぱなしの名刺入れを確かめた。十枚入っていれば問題ないだろう。いかにも半分仕事でやって来ましたという体《てい》を取りたい往生際の悪さを嗤《わら》う。

財布、部屋の鍵。最後に玄関の鏡で全身を確認するだけならいざ知らず、無意識にリビングと寝室を整えていたことに気づく頃には自己嫌悪で気持ち悪くなるほどだった。靴まで磨いたのでは、恥ずかしさで出かけるのも嫌になる。最後のあがきで、くたびれたウォーキングシューズを履いた。

九時五分前にマンションのエントランスに出た。空が秋の深みにいっそう青い。植え込みのナナカマドはもう赤くなっている。

ぼんやりと雲のない空を眺めていると、赤いヴェゼルが敷地に入ってきた。赤城ミワだ。滝沢のすぐそばに車を停めて助手席の窓を開けた。

「おはようございます。さ、乗って」

遠慮なく助手席に座った。たちまち、鼻先に柔らかな柑橘《かんきつ》の香りが漂ってくる。車の芳香剤でもなさそうだ。通りに出る頃、そのいい匂いが彼女の黒い髪から漂ってきていることに気づいた。

札幌南のインターチェンジから高速にのって、苫小牧《とまこまい》方面に向かって走る。会話はもっぱらお互いの仕事のことだった。アイヌ紋様が外国人観光客の目にとまり、思わぬところから暖簾《のれん》やタペストリーの依頼があるという。

「民族ってことに対して敏感なのは、却《かえ》って海外の方かもしれない。訊《き》かれるの、なぜ迫害を赦《ゆる》し続けているのか、闘わないのかって。知ってます？　ウポポイって、一緒に歌うって意味なんですよ。共存って、そもそも境界線があることが前提だと思うんだけど」

なんと答えていいのか、滝沢が考える間もなくしてミワが続ける。

「わたしはカムイとともに生きてるだけなのにね」

言葉に詰まった滝沢を、ミワが笑った。

「冗談ですよ」

生まれによって身についたものを最大限活かしてつよく生きている女に、敵《かな》うものなどなにもないのだった。ふと、審議番組のことを思い出した。赤城ミワのつよさを持たない者が生きてゆくためには、憐憫を武器にするしかないのか。いや、と首を振る。ドキュメンタリーはやはりどこかに「作り物」を許さねば大衆に受け容れられないのだろう。

「あの番組について、僕はあれでもかなりオブラートに包んで言った気がする。赤城さんはバランスを取ったと言うけれどね」

追い越し車線を、アウディが飛ぶような速さで通り過ぎてゆく。こちらもまあまあスピードを出していることを考えれば、時速は二百キロ近いのではないか。

「テレビ番組は少数民族向けには作られていないもの。前に出ても言われ、出なくても言われ。いじめなんて、和人同士だってひどい話がたくさんあるじゃないの。子供はいつだって残酷な生きものだもん。それでも、出自を恨んだらおしまい。それをバネにした時点で、どこかで気持ちが負けてるの」

きっぱりと「わたしが誰も恨まないのは、自分がいちばん好きだから」と言い切る。なにが彼女をそこまで強くしたのか、滝沢は白老のインターチェンジで一般道に降りるまで考え続けた。

民族共生象徴空間「ウポポイ」と名付けられた巨大な施設には、駐車場から入口、案内板のあるそこかしこに案内人が立っていた。週末のドライブがてらやってきた家族連れ、引率のいる集団がエントランス棟を抜けて入退場ゲートから博物館へと向かう。

赤城ミワは車から出した姿見くらいに大きな箱をいくつか脇に抱え、人混みをするすると抜けて歩いてゆく。滝沢が持つという申し出は、重たくないからと、あっさり拒絶された。自分の作ったものは展示まで他人に触らせたくないのだと思い直し、黙って彼女の後ろをついて行く。

国立アイヌ民族博物館の棟に入ると、低く民族音楽が流れていた。フロアの責任者なのか、黒いスーツにマスク姿の男がミワに向かって頭を下げる。

「お待ちしておりました、こちらへ」

後ろに半分隠れるようにして立っていた滝沢にも黙礼して、男が施設のバックヤードへと案内する。

小会議室に、会議机をいくつか繋《つな》げた台が設けられていた。ミワはそこに抱えていた薄い箱を右肩に記した番号どおりに並べ、ひとつひとつ蓋《ふた》をあけた。

目の前に現れたのは、四枚でひとつの作品だった。

大きさはぜんぶで百号くらいはあるだろう。左下に、夜桜が咲き乱れている。桜には風が吹き付けていた。桜を散らさんと吹く夜風を表現するのに、一本一本が美しく撚《よ》った糸でステッチ刺繡が施されている。

案内してくれた男は博物館の学芸員だという。現れた作品を見て感嘆している。

「素晴らしいですね。古典から大きく飛躍した、現代アートに昇華されています。待った甲斐がありました」

「ありがとうございます」

ほっとした様子で赤城ミワが腰を折った。数分で、展示にあたっての指示と、ライティングに必要な機材の打ち合わせを済ませた。どうやらあとは搬入を待つばかりになっていたらしい。「間に合って良かった」という言葉に、ミワがもう一度頭を下げた。

落ち着いたところで、滝沢に視線が向けられた。施設は初めてかと問われ、そうだと答える。ゆっくり見ていって欲しい、という言葉のあと彼が手にした名刺に視線を落とした。

「北大の大学院で教えていらっしゃるのですね」

「肩書きばかり厳《いか》つくて、研究は主にドラえもんです」

それがいちばん伝わりやすく場が和《なご》む説明なのだった。日本の漫画ビジネスについての論文が認められ、本も少し売れて、故郷の国立大学の教授として招かれた。降るようにやってくる委員長の肩書きと人脈、結婚と離婚。並べるとどこか滑稽《こっけい》な人間の欲望が見えてくる。

博物館を案内しながら、赤城ミワが展示されている衣装の前で立ち止まった。

「これね、うちの母が着ていたもの。母はおばあちゃんから受け継いだもので、おばあちゃんはその母親に作ってもらったものなんだ」

硬そうな生地にびっしりとアイヌ紋様の刺繡が入っている。

「ボロボロだったんだけど、わたしが修復したの」

過去に戻って夜を徹して針を刺す女を想像する。背筋がひんやりと冷たくなるような、敵わぬ気配が目の裏を通り過ぎる。彼女の母は今も「谷」で暮らしているという。

「こっちに出ておいでって言うんだけど、それは嫌みたい」

滝沢もふと、道東で暮らす両親のことを考える。父も元気なふりはするものの、門柱に車をぶつけたのを機に免許を返納してから、急に老いた。外出のたびにタクシーを使うのは贅沢《ぜいたく》と怠慢に映るらしく、めっきり外にも出なくなったと聞けばこちらも穏やかではない。見て見ぬふりをしていることが増え、無意識に妥協点を探す癖がついた。

ミワの祖父は谷で闘った男のひとりだった。ダム建設にまつわる民族の尊厳をかけた裁判は、滝沢にも記憶がある。なるほど、赤城ミワには闘いの血が流れているのだと知って、そのつよい眼差しが腑に落ちた。

十月に入り、五日に一度、あるいは週に二度ほど遅い夕食を一緒に摂《と》るようになった。ひと雨ごとに秋が深まり、距離を縮めてゆくことも季節のせいになる。

お互いの部屋に誘うということはなかった。友人ではあるが恋の相手ではないと、滝沢が心がけ維持しているつもりでいる。彼女からの秋波がない日々もまた、幸福でさびしいことだった。

遠慮なく酒が飲めて、一緒に食べるものが旨《うま》い。滝沢がそれだけで充分ではないかと思うのに懸命なのは、踏み込めば短命な関係を何度か経験しているからだった。長く付き合ってみたい女だが、長く付き合うためには多少の我慢が必要なのだ。

酒を飲んでも色っぽい話に流れぬミワとは、仕事の話も政治の話も出来る。しかし話題としてもっとも多いのは旨い飯と旨い酒の話だった。

お互いのポジションに興味がないのではなく、お互いに興味があるせいと気づくのに、更に一か月を必要とした。

十月の終わり、札幌駅北口の近くにある蕎麦屋でのこと。そば前で一杯やっていたとき、ふとミワの視線が滝沢の目元に注がれた。アルコール消毒をしている手で擦《こす》るせいかときどき目の粘膜がしみて痛がゆい。

「さっきから目を擦るたびに赤くなってるよ」

年だから、と言いそうになって黙る。こちらの心持ちを知ってか知らずか、ミワのそば湯割りは水のように彼女の喉を流れてゆく。すぐ近くで目を覗き込まれたのがいけなかったのか、信楽焼《しがらきやき》のグラスを傾ける彼女の、喉の動きが気になってくる。

グラスを置いたミワが再び滝沢の顔を覗き込んで言った。

「温泉でも、行こうか」

重たく受け取ると手ひどいことになりそうで「いいね」と答えた。酔っ払いの言うことだし、自分も同じくらい酒が入っている。これは笑える話でオチをつけなければ、と思っている時点で滝沢の敗北なのだったが。

「明日お昼過ぎに支笏湖《しこつこ》に行く用事があるの。一時に迎えに行くから用意しておいてね」

さっぱり意味が分からないのに「分かった」と応えていた。

勘定を済ませて二丁ほど歩いた。ミワはなんのためらいもない様子でいつもどおり「じゃあ」と手を振り背を向けた。

滝沢はその背に向かって「いったい何なんだ」とつぶやいた。

珍しく二日酔いをして、目覚めたあともしばらく天井が動いていた。熱いシャワーを浴びて少しはましになったが、講義もないのに痛み止めを飲んだ。時計を見ればもう十一時になろうとしている。四辻で別れてから十二時間経った。

本気だろうか、と問うてみる。打ち消す滝沢の耳にミワの「温泉でも、行こうか」がこだまする。コーヒーを一杯飲んで、常備のバナナを一本腹に入れた。今日の予定を否定してもせんないことではあったが、思いのほかこの揺れ具合が心地良くもある。

まあいいさ、とひとりごちて、髭《ひげ》など剃りながら傷つく準備を始めた。半分楽しんだ我慢が終わる日なのか、何かが始まる日なのか。いったいいつまでこんなことを繰り返せば男を返上できるのだろうか。

セーターにパンツという軽装に、あとは上着を持てばいいだけになると気分はすっかり諦《あきら》めに両脚を浸けていた。ちらちらと時計を見るも、三分も経っていない。

スマートフォンが震えたのは、午後一時まであと二分というときだった。

「用意は出来てる？　エントランスにいるからよろしく」

覚悟を決めて、上着を持った。

ミワが支笏湖に面した高台にあるリゾートホテルに、五枚ひと組のコースターセットを届けているあいだ、滝沢は湖畔にある系列ホテルのラウンジで外の景色を眺めていた。いったい何色と表現していいのかわからない、限りなく黒に近い湖面の青と、深い空の水色と、まばらに葉を残す木々が雪を待っている。

少し、腹が減った。午後二時半、バナナ一本ではそろそろ電池切れである。腹が減ったことで、気分は逆にゆったりしていた。

何気なくロビーを振り向き見ると、こちらに向かってミワが歩いて来ているところだった。男と女のあいだにこうしたシンクロがあると、途端に勘違いが加速する。滝沢は自分が通り過ぎてきたあれこれを、女の顔よりもそのときどきの景色で思い出した。

「お腹空いた。部屋でなにか食べましょう」

頷き、キーカードを持った彼女についてゆく。

たどり着いたのは森を見渡す大きな窓のある露天風呂付きの和洋室だった。ふたりで使うには広すぎる。贅を尽くしたスイートである。

いくら待遇の良い出張で招かれたときでも、お目に掛かったことのない豪華さだ。素直に驚くと、ミワが目を細めて滝沢を見る。なるほどこれが、照れるとか恥じらうとか、男が求めるものを取っ払った女のつよさか。

「年に一度、創作活動に使ってくださいって一泊させてもらえるの。誰と来てもいいし、使わなくても構わないんだけど、わたしも小市民だから毎年けっこう楽しみにしてるわけ。で昨日、『そうだこの人がいた』って思ったの」

滝沢はもう、風に任せてこの日を流れることに決めた。ミワが冷蔵庫からシャンパンとサンドイッチ、フルーツの盛り合わせを出す。勝手知ったる場所というわけだ。去年は誰と来たのか、今ここで意地悪く訊ねられるほど距離は縮まっていない。

暮れ急ぐ空を眺めながら、シャンパンを一杯飲んだ。サンドイッチもひときれ。しかし思ったほど腹に入らない。コートをクローゼットルームに掛けるのも、おのおのだ。ミワはそうした気遣いからは解放された女なのだろう。

ミワが身につけるものは洋服かアクセサリーか、バッグ、いずれかに必ず鮮やかな赤があった。今日は真っ赤なニットのワンピースにゴールドの色加工をしたコットンパールをさげている。ときどき体の線を拾うニットの扇情的な丸みに、飲むそばから酔いが醒《さ》めた。ダイニングスペースから外を見れば、嫌でも露天風呂が目に入る。日が暮れてくれるのはありがたかった。

「露天風呂付き個室って、最近流行《はや》ってるみたい。人に会わないから、けっこうなリゾート気分を味わえるよね」

うんと頷き、灯《あか》りの下で湯を受け続ける風呂を見る。日が落ちた。時間も止まった。ミワがグラスのシャンパンを飲み干し、立ち上がった。

「せっかくだから、お風呂、一緒にどうですか」

「ずいぶん、ストレートだな」

「ストレートしか投げたことないから」

からからと乾いた笑いに包まれながら、ミワはシャワールームに消える。滝沢は大きくひとつ息を吐いた。呼吸のたびに少しずつ持ち上がってしまう欲望と、道連れを約束する。洗面台の前にある脱衣籠に脱ぎ捨てられた赤いワンピースを横目で見ながら、服を脱いだ。少し迷い、タオルは持たずに戸外に出るガラスのドアを押す。

湯船から少しばかり離れたところに落としたライトが、ぼんやりと湯に浸かるミワを照らしていた。

一歩踏み出した滝沢の目に入ってきたのは、女の背に広がる鮮やかな紋様だった。湯に揺れる女の右肩から左腰のあたりまで、斜めに垂らした帯のように、細かなアイヌ紋様が描かれている。白い肌、黒々とした紋様のところどころに赤い点。

気後れを隠すように、急いで湯船に身を沈めた。ミワがゆっくりと振り返る。

「これ、わたしが持ってる財産。父が残した最高傑作です」

どうか、と訊ねられ「すごいね」としか答えられなかった。幼い頃から毛深いことがコンプレックスだったといい、脱毛が安価で出来る世の中が本当にありがたいのだと笑う。

「あんまり毛抜きばかりやってたら、おばあちゃんが『そんなに抜いたら生えて来なくなるよ』って。いつかそんな日がくるのが夢だった」

湯の中でそんなことを言う女を、初めて見た。

「それにしても、きれいなもんだな。その背中」

「ありがとう、父も喜ぶと思う。実際この原版があれば、いくらでもアレンジが利くの。古いものがないと、新しいものも本当はないの。わたしはそれを、体で知ってる」

ミワは「こわいか」と訊ねた。「いいや」と即答する。

紋様の帯はミワの右の肩口から胸にかけて少しずつ細くなっていた。心臓のあたりから、ぐるりと肩を越え背中を彩る民族の誇り。怖くないわけはないのだったが。

湯を挟んで触れる体に流れている血は、紋様に描かれた赤よりずっと濃いのだろう。ほんの少しの怯えは、この際必要なものなのだ。すべてが非日常だった。それゆえ滝沢は、確実に醒める夢の中を泳いだ。湯に溺《おぼ》れることがあっても、この女の体に溺れてはならぬと言い聞かせた。半世紀以上も生きてきて、勇気なくして抱けない女に出会うとは思わなかった。

夕食はメインダイニングだという。客室の露天風呂で睦み合った後とは思えぬさばさばとしたミワが、ビュッフェで窯焼きのピザやサラダ、ローストビーフをトレイにのせてテーブルに戻ってきた。

「そんなに食べられるか？」

「体力使ったから、入りますよ」

涼しい顔で言われると、滝沢のほうが赤面する。実際、ミワはよく食べた。昨日の蕎麦屋から二十四時間経っていないことが嘘に思えてくる。

滝沢としては、この一日に自分たちの間に起こったことを感慨深く振り返ったつもりだったのだが。ミワはローストビーフとシャンパンを口に運ぶのを止めない。

なにかを期待していた自分にがっかりしながら、いやいや、と気持ちを奮い立たせ「そうだ」とつよく頷いて見せた。

旨い飯、旨い酒、出会ったことのない女。三拍子揃った夜だった。

滝沢は部屋に戻ったあと、思いきり女の髪の匂いを吸い込んだ。そして息が上がるまで、背中に描かれた紋様が波打つのを見続けた。


支笏湖から戻ってから半月、ミワから連絡がなかった。

いい年をして今さらそういう手で気持ちを撫でるのはどうかと思いながら、滝沢の方も学生からの相談や、役員を務める会社の会議などで時間が過ぎている。正直なところ五日を過ぎたところで苛立《いらだ》ちが始まっていたのだが、そこから更に十日近い音信不通の不実さを、自分にも許したかった。

それでも朝、目覚めて手洗いにゆくたび、心が萎《な》えた。自分の日常が、女の気まぐれで回っていると思うと、ため息を吐《つ》かずにいられない。一度肌を合わせたばかりに、下心なく会ったり食事をしたりするのが、いよいよ難しくなったのだと知る。

気を削《そ》がれるのが嫌でLINEも携帯メールも使わない女との連絡手段は、もっぱらパソコンメールと携帯での通話のみ。つまり、こちらが動かねば彼女の気まぐれに取り込まれ続けてしまうのだ。

今月の番組審議会は全員参加との連絡が入っている。会議室で自分のみっともない顔を見られるのが嫌で、電話をかけた。

少し長めのコールのあと、怠《だる》そうな声のミワが出た。

「起こしたかな、ごめん」

「しばらく徹夜が続いてたから」

このあいだはありがとう、と言われて言葉を失った。滝沢が苛々していたあいだ、女は仕事に没頭していたというのだった。

「今日、番審のあと、またあのワインバーで一杯飲もうかと思ってるんだけど」

「わかった、行くね」

通話は二十二秒で終了した。滝沢は黒くなるまでスマートフォンの画面を見続けた。なにか言い忘れた、という折り返しもなかった。

五時十五分を過ぎ、滝沢が店に入ってゆくとすでにミワがカウンターに座っていた。心なしかほっそりとした印象だ。やあ、と片手をちいさく挙げる。スパークリングを頼んだという。滝沢は敢《あ》えて今日のおすすめ白ワインを注文した。

「ご無沙汰してごめんなさい」

どうやらその自覚はあるようだ。

「ちょっと、トラブルがあって。いまも奮闘中。お酒、久しぶり」

「なに、トラブルって」

言いづらそうに生ハムをつつきながら、

「格好悪い話なの。事務所のお金を持ち逃げされちゃって」

照れ隠しか、唇の片方だけ上げて、ふて腐れた表情になった。

「会計事務を頼んでたひとが、引き出した預金と一緒に居なくなっただけなんだけど。あちこち捜してもいないんで、とりあえずすぐにお金が入る仕事をやってたってわけ」

思わず「警察だろう、それは」と語調がつよくなった。

今度はミワが不思議そうに眉を寄せるのだった。

「持ち逃げされた金は、いったいいくらなんだ。その会計事務員の素性は」

「事務の子は、遠い親戚って話だったけど」

どうやら履歴書と面接での自己紹介に嘘があったらしい。ますます、警察に行ったほうがいい話だった。滝沢が思わず腰を浮かしかけると、ミワが手のひらをひらりと振った。

「嫌なの、そういうの。警察に話したところで、どこか別の国の話のように扱われるの。わかるんだ、わたしには」

「何を言ってるんだよ、法治国家だぞここは」

そんなふうに煽《あお》る滝沢を、ミワは冷ややかな目で見ている。今日はマスターもふたりの前にやって来なかった。

一杯飲んだら少し落ち着いた、とミワが言った。

「誰にも相談できなかったから。相談なんて、生まれてこのかた誰にもしたことなかったけど。一日中、人を捜しまくって、ふっと疲れちゃったんだ。ただの振りだしじゃないかって。こんなことに時間を使うくらいなら、失ったぶんまた働けばいいかなって」

その言葉の理由にたどり着いたのは、疲れのせいで酔いの早かった彼女を部屋に連れてきてからだった。

「きれいにしてるね、男のやもめ暮らし」

「予定していないときに、人が来るんだよな」

「いつから、ひとりなの」

答えなかった。ミワが壁に寄せたソファーに腰を下ろす。滝沢は肘掛け部分に放りっぱなしの新聞を折ってテーブルの端に置く。台所で水とウイスキーのロックグラスを用意して、ミワの足下にあぐらをかいた。

「ソーダの方が良かったかな」

ミワは差し出した水割りを受け取り「ううん」と首を振る。冷蔵庫に、同僚から土産にもらったチョコレートが手つかずであるのを思い出した。そう告げると、あっさりと要らないと返ってきた。

「何ごともないように暮らしているけれど、あなたには見えない壁が、わたしには見えるんだ。さっき法治国家に暮らしているって言ってたけど、その法治国家にある無意識を跳ね返しながら生きているわたしたちにとって、人のお金って、取っても取られても恥なんです」

きっぱりと言われると、返す言葉がなかった。事務員の横領は被害者が申告しなければまず事件化されない。ミワの性分を知っていての行為と思うと、余計やりきれない。憤《いきどお》りと欲望のあいだで無責任に揺れた。力になりたい男と、力ずくでもどうにかしたい男が滝沢の内側でせめぎあっている。しかしいま、金の話に発展する関係にろくな結末はないのだった。

膝に手を伸ばした。女はその手を除《の》けなかった。

これ以上なにもこぼれ落ちぬよう、長い時間をかけて抱いた。女からは情もこぼれてはこない。お陰で、いい年をして傷つかず済んだ。

夜明け前、シャワーを浴びたミワが身繕いを始めたことに気づき、泊まってもいいじゃないかと引き留めた。

「スタジオに戻る。仕上げをすればすぐに納品できるものがあるの。作業が終わったらまた来る。いいかな」

「待ってるよ」

静かになった部屋で、もうひと眠りと思うほどに目が冴えた。酒を飲むこともできない。ふと、これは何かのシミュレーションではないかと思えてきた。

滝沢は目を閉じて、赤城ミワという女性キャラクターを思い浮かべる。彼女はエキゾチックな風貌で人気を博すアーティストだ。彼女の周りには人が群がる。自分はそのひとりになって、彼女を観察する。

それぞれが持っている動機は何か。彼女からの刺激によって搔《か》き立てられた行動とは――滝沢の眼裏《まなうら》に、鮮やかに蘇る女の背中がある。

刺激により発生した行動がもたらす成果、その場合のインセンティブは「報奨」で――湯の中で揺れた記憶が胸の痛みに変わっていった。

日付が変わりそうな頃、ミワが部屋にやって来た。遠慮のない仕種《しぐさ》にほっとしながら、玄関先でいちど抱きしめた。

「納品した。明日からまた新しいものを作る」

滝沢の腕の中にいても、心を占めているのは作品作りらしい。

「体を壊したら何にもならないだろう」

「わかってる」

レトルトのスープを温め、あり合わせの野菜やゆで卵をロールパンに挟んでみる。ソファーに横になっていたミワが目を開けた。目の周りが黒くなるほど疲れている女の体を欲した昨夜を、滝沢は心の底から恥じた。

少しずつ口に運ぶ姿に訊ねた。

「明日から、なにを作るの」

「海外から注文のあった、有名な民族衣装のレプリカ」

「それって、どのくらい時間がかかるの」

徹夜を続けて早くて一か月と聞いて、ため息が出た。一針一針再現する民族衣装は、もはやレプリカではなく貴重な新品ではないのか。二十四時間のうち、十八時間を刺繍に使うという。最も実入りのいい仕事は、パソコンを使っての紋様デザインだというが、そうたくさん入るわけでもない。

「一か月ほとんど寝ないで作業して、入金はいつ？」

「出来上がって、納品してからだと思う」

「済まないが、その一か月の利益を教えてくれないか」

「六十万」

「君はアーティストだ。金のための仕事で身をすり減らすと、この先落ち着いて表現活動が出来なくなるんじゃないか」

頷いた頬が削げている。

「アイヌ紋様デザイナーとして身を立ててきた君は、金のために仕事をしちゃいけない」

「わたしにどうしろって。事務所の家賃は、誇りでは支払えないのに」

口元がかなしく歪んだ。滝沢は、朝からずっと胸を占めていたひとことを、言おうか言うまいか迷った。女房が去ったこのマンションから、チャンスがあればいつか出て行きたいと思っていたのではなかったか。今がそのチャンスではないのか。

そんな気持ちの傍《かたわ》らで、時期尚早の思いも浮かび上がる。何度か「タイミング」という言葉で片付けてきた関係の、あれやこれやを思い出した。

俺が――

言いかけた滝沢の言葉が、スープ碗をテーブルに置く音で途切れた。

「わたしやっぱり、谷に帰る」

「谷って」

「父の遺した工房があるの。潮時なのかも」

「当面のものなら、なんとか出来るから」

ミワは吹っ切れた表情で首を横に振った。滝沢はマンションを手放す心づもりを告げるチャンスを逃した。引き留めるタイミングを失ったことに気づいてもまだ、諦めきれない。

「ずいぶん自由にしてきたし、いいきっかけだったかな」

谷にやってくる観光客を相手に、工房の見学や体験学習の世話もするという。原色の服を着て夜ごと酒を飲み、滝沢を誘いリゾートホテルで肌を見せた女と自分は別なのだ、と言われているのだった。

「俺には、なにも出来ないということですか」

「またなにか相談事ができたときは、連絡します。約束する」

社交辞令ではない。はっきりとした別れの言葉なのだった。

年内で札幌のスタジオを引き払うと決めたミワを、今度は滝沢が温泉宿に誘った。和室と個室露天風呂のある定山渓《じょうざんけい》のホテルは、最後の旅としてどうだったか。ミワはよく食べ、よく笑った。背中の紋様をなぞる男の指にも、素直に反応してくる。言葉で彼女を責めることはもう出来ないのだった。

恋として短命であることは、出会った日に決まっていたのだろう。

ミワの体に沈みながら「思い直さないか」と問うてみた。

今ごろの台詞をあざ笑うように「考えておく」と返ってくる。悔しくて肩口の紋様を軽く嚙んだ。ただきりりと胸を締めつけられた。

男と女と金だけなら、問題はシンプルだった。時を経て変化も出来た。

浮かんでは沈むことを繰り返しながら少しずつ高いところへと向かってゆく女の中で、滝沢は、これはもしかするとミワの逃げではなかったかと思い至った。

——なぜ、別れなきゃならない。

——わたしが、谷から来た女だから。

――そんなこと、気にしちゃいない。

別れの夜から何日経っても、滝沢の胸に沈んだ塊はわずかも動かなかった。

うっかり滑《すべ》らせた口が憎かった。

――そんなことって、一体なに？

人としての敗北だった。

師走の街を歩けばそこかしこに、ミワが手がけたデザインのアイヌ紋様があることに気づいた。

赤城ミワが帰る土地は、車で二時間。

けれど観光客に紛れて訪ねることの出来ない男にとっては異国より遠い。

雪がいよいよ深くなってきた。街には今年のことはもう忘れろとばかりに、クリスマスソングが流れている。

ひとり、そしてひとり

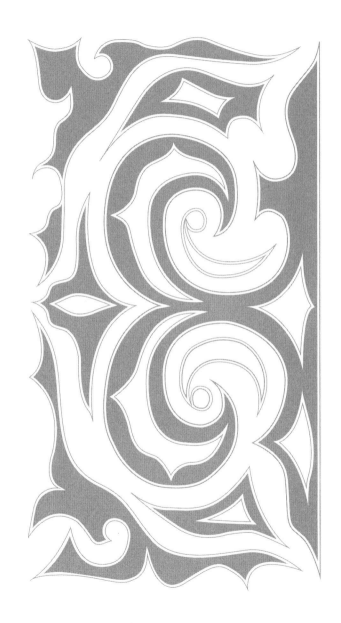

午前一時、ハッピータイムの際に客に触られたところが痒《かゆ》い。

自称一部上場企業戦士は、千紗《ちさ》の尻を触りながらひどい早口で会社への不満を語っていた。事前の準備が水の泡になったと言うが、言うほどいい会社でもないことに、本人だけが気づいていないふうだった。照明が暗いので、男の顔を見なくて済んだのは幸いだ。

エアコンの効いた店内から一歩外に出ると、夜中だというのに空気が熱い。今年の夏は異常気象だと、客の誰もが言う。千紗は汗臭い客が増えたことで、外の暑さを実感する。

とにかく全身が痒かった。セクシーパブ「タッチ」の先輩スタッフの助言を思い出し、さっさと洗い流すことに決め、すすきのゼロ番地に近いスパに向かって歩く。

総合デザイン専門学校を卒業して、四月から昼間は札幌駅地下にあるアクセサリー店に勤めているのだが、一か月前からセクシーパブでアルバイトを始めた。昼間の稼ぎだけではせっかく買った携帯電話の支払いも、生活も苦しい。

高校時代も専門学校時代も、バイトで学費を払ってきた。祖母を在宅介護している母には娘のために使えるような金もない。行きたい学校に行けばいいという寛容な言葉は、親は何もできないことの意思表示だった。

娘の進学に一銭も出せないと言い切られると、いっそすっきりする。行きたければ、母が言うように自力でなんとかすればいいのだ。誰にも期待されず、誰に期待することもなく、七月の熱風が札幌を取り囲んだ日、引地《ひきち》千紗は二十一歳になった。

誕生日を祝ってもらった記憶もないので、感傷的にはならなかった。生まれたときからずっと、目の前の厄介事《やっかいごと》を振り払いながら生きているのだ。

すれ違う男、女の別なく、香水にまぎれて汗のにおいがする。自分の脚の付け根からも、おかしなにおいがしているのだろう。みんないい加減風呂に入れ、と腹の中でつぶやいてみる。

角を曲がればすすきのスパクラブ「フローリア」がある。浮かれた風のひとつも吹かない街角を急いでいると、赤いノースリーブに黒のミニタイト姿の女がこちらに向かって歩いてくるのが目に入った。肩に大きなリュックを引っかけている。

赤城ミワ――

この春まで同じ専門学校に通っていた同期だ。成績優秀、専攻はクラフトデザインだったが、メタルデザイン、木工、服飾まで、すべてのクラスで一目置かれていた。講師がクラフト制作の木の種類について彼女に相談していたくらいだから、みなどうして今さら彼女が専門学校に通うのか不思議に思っていた。千紗も木製のバングルを作る際、木目の活かし方と艶《つや》の出し方について相談したことがある。

噂では、卒業と同時に工房を開いたと聞いた。

ミワの目はどこを見ているのか、道行く人間などひとりも視界に入っていないように見える。このままでは、すれ違ってしまいそうだ。千紗はあと三メートルという近さで、右手をあげた。無表情で歩いていた女の眉間が寄り、すぐに表情が和らいだ。

「ミワ、久しぶり」出来るだけ疲れを見せぬよう笑いかける。

抑揚のない声で「千紗か、元気そうだね」と返ってきた。下の名前で呼んでもらえたことが嬉しくて、今度は正直に微笑んだ。

午前一時にひとりですすきのを歩いているということは、赤城ミワも夜の仕事をしているのだろう。ここは深く訊ねないのが礼儀だし、なによりミワにそのことを訊いてはいけない。学校にいるころから、学費はおろか生活費も自分で稼いでいる人間は総じてはしゃぐことなく大人びていて、生徒同士の距離感ですぐに分かったものだ。

「わたしすぐそこの『フローリア』でひと風呂浴びて帰るんだけど、ミワもどう？」

ミワは間髪入れず「わたしは無理」と言う。「遠慮する」なら、分かったと言えたのだが、無理となると引っかかる。普段は決して深追いしない千紗がなぜかその夜だけは、せっかく赤城ミワに会えたのに、と時を惜しんだ。

「無理って、なんで」

「背中に彫《ほ》りものがあるから」

言葉が出ない。赤城ミワと彫りものがうまく結びつかないのだった。公衆浴場にある「タトゥ、刺青《いれずみ》の方のご入館お断り」の貼り紙を思い出す。「フローリア」の入口にも同様の「お願い」が貼られていたはずだ。

「見たいな」不意に口から滑り落ちた言葉に、千紗自身が驚いている。ミワは嫌な顔をするでもなく「なんてことないんだけどさ」と辺りを見回した。

「それじゃあ、入れるお風呂、割り勘でいい？　ふたりなら『フローリア』とそんなに違わないと思うんで。わたしも助かるし」

千紗はもと来た道を引き返し、ミワについて行った。少し後ろを歩いていると、そのかたち良く高い場所にある尻が、一歩ごとに持ち上がる。この日本人離れした肉感的な体のせいか、外部講師の陶芸家がミワに熱を上げて、そのあとこっぴどい振られかたをしたと聞いた。

ミワが学校で特別な存在だったのは、彼女がアイヌ民族だったこともあるが、その出自をとやかく言う人間を徹底的にやり込めるだけの腕を持っていたからだろう。講師も一目置く知識と感性は、ときどき彼女への羨望と蔑視に道を分けた。

明日もきっと暑いのだろうが、ほとんどの時間を屋内の仕事で過ごす千紗にとっては、冷えのほうが問題だ。歩いているうちに、外気温が体に馴染《なじ》んでくる。

「ここにしよう」

ミワが入って行ったのは、小路に入ってすぐの場所にある、間口の狭い宿泊三千円のラブホテルだった。入口で支払いをするミワに、急いで千五百円を渡した。頷きながら受け取り、財布に入れる。半円形の小窓から、「301号室」のキーが差し出された。

男に連れて行かれるホテルはたいがい、レジャーが売りのカラオケ付きだったり、金魚鉢みたいな透き通った風呂があったりしたが、ここは昭和の残骸かと錯覚するような、ベッドとタイル風呂のみの客室だ。

すすきのの片隅にこんな場所があることを知らなかった。

「付き合わせて悪いね。汗を流さないととても帰れないんだ、風呂のないところに住んでるから」

ミニのスカートを床に落とし、赤いノースリーブを取ると、ショーツ一枚だ。右の肩から胸にかけて斜めにアイヌ紋様の彫りものがあった。

「ああ、本当だったんだ」

「嘘だと思った？　メインは背中だよ」

薄暗い蛍光灯の下でくるりと背を向ければ、まっ白なキャンバスにのせられたデザイン画のように、はためく帯に似た彫りものがある。今さら赤城ミワがどんなものを背中に背負っていたところで驚くこともない。

湯が満ちたようだ。自宅の二倍はありそうな風呂場で、ざっと汗を流し湯船に入った。バスルームの照明に、アイヌ紋様が浮かび上がって見える。

「いつ入れたの、それ」

「十四か十五。見えるところでは生きづらいだろうからって」

ミワの彫りものは父親が「娘の財産」として入れたのだという。

「これを背負っていれば、つまんない男に引っかかることもないって言われたけど、どうなんだろう。わたしはよく分かんない」

「重たそう」

正直なひとことだったのだが、ミワはそれについて何も返さなかった。

備え付けのゴワゴワしたタオルで体を洗う。一度触れてみたくて、ミワの背中にタオルを滑らせてみた。

ミワは「消えないよ」という冗談とも本気とも取れないひとことを吐いた。

一日が終わったのか始まったのか分からない午前三時、湿気《しけ》ったベッドにふたり横になる。千紗がぽつぽつと語る仕事の愚痴に、ミワはときどき思い出したように相づちを打った。ただ冷やすだけのエアコンがうるさくて、スイッチを切る。

浴衣の襟を大きく開けたまま仰向《あおむ》けになっているミワの胸に、手を伸ばした。嫌がる風もないので、手のひらで大きく円を描く。手にすっぽりと収めると、ミワは低く笑った。

千紗も笑いながら、手のひらを動かした。

ハッピータイムの客にされた嫌なこと、マネージャーの厭味《いやみ》、ショップの同僚の無関心、売り物のアクセサリーを試すだけ試して買いもしないで去ってゆくひやかしが残した記憶を、ミワの体から漂ううっすらと甘いにおいで上書きした。

午前七時、まるで別の街の貌《かお》になったすすきのの街を行く。既に太陽が昇り、今日も暑くなりそうな空だ。職場に行くには着替えなければならないので、最寄り駅から地下鉄に乗るためミワと別れた。別れ際ミワは、連絡先だと言って千紗に名刺を一枚渡した。通勤客がひしめきあい体臭が充満した地下鉄を、ひとり自宅に向かう千紗の手の中に、赤城ミワの名刺が一枚握られていた。

終着駅から家までの十分間、眺めながら歩いていたのですべて頭に入ってしまった。

「スタジオＭＩＫＥ」
ａｉｎｕ紋様を現代生活に
デザイン・アレンジ・制作
　アカギ　ミワ

ミワが立ち上げた工房は、札幌市内ではあったが小樽寄りの地域にあった。

千紗は羨《うらや》ましさよりも、ミワの名刺に忘れかけていた遠い光を見た。

もっと自分に自信があったら、もっとあのとき踏ん張っていたら、妥協せずに作ったものを売り込んでいたら、コンペで認められていたら。

ミワはどれもクリアしたのだ。食える食えないより、食って行ける土壌を自分で作った。ミワには、卒業と同時に工房を持てるだけの、腕への自信があったということだ。生活出来るところまではたどり着いていないと言いつつも、デザイナーを名乗れることが今の千紗にとっては眩《まぶ》しい。

制作どころかデザイン画を描くこともしない日々が続いている。いつか自分がデザインしたアクセサリーのブランドを持つ夢が、このまま薄くなり消えてしまうとしたら、プロを目指して手を動かしていたあの二年間はなんだったのだろう。

丘珠《おかだま》空港発のプロペラ機が急速に上昇してゆく空を一度見上げてから、自宅のドアに鍵を差し込んだ。ドアを開けたときから、異臭に包まれる。ここは、現実の世界ではないと自分に言い聞かせながら茶の間に入ってゆく。朝帰りした娘に更に苛立ちが増しているのか、母が寝たきりの祖母を「クソババア」と怒鳴っていた。

「やめてよ、近所迷惑だって」

「隣だって似たようなもんだ。お前はそんな真っ赤な髪で朝帰り、隣の息子は昨夜酒飲んで大暴れして、窓を割ってたよ」

吐き捨てた棘《とげ》が、千紗にぶつかりぱらぱらと床に落ちる。この程度で腹を立てていたら、この女の娘は務まらないのだ。

祖母はもう、ものも言わないし自身で動くことも出来ない。父と別れて十年のあいだ「あともう少しの辛抱」と呪文のように唱えながら祖母が死ぬのを待っていたのだったが。

いつまで経っても寝たきり生活は変わらないままだった。

ここに来た頃はまだ言葉を忘れてはいなかったし、トイレくらいはひとりで行けた祖母も、いつの間にか棒人間になった。つまらないことを話せなくなっただけいいと千紗は思うが、そのぶん母がうるさくなった。

生活は苦しい。祖母の年金と、ときどき千紗が渡す食費ですべてを賄《まかな》うのは難しかった。千紗と母が実家に戻って来てからは、母の兄も妹も弟も、誰も寄りつかない。幼いころは一緒に遊んだいとこたちも、どこで何をしているものかまったく知らない。

ときどききょうだいに無心の電話をかける母は、最初は努めて明るく切り出すのだが、どんどん口調が荒くなってゆき終《しま》いには怒鳴る。居留守を使われるようになった頃にはもう「進学は諦めてくれ」と言われていた。

腐りかけた人間の言うことを聞くのが嫌だったのと、一銭でも実入りのいいアルバイトを探すのが苦ではなかったおかげで、高校も行けたし専門学校にも通った。

「働けば何とかなるから、書類に名前だけ書いてよ」

娘の言葉をただの厭味と取るくらいに、母の気持ちは荒《すさ》んでいる。彼女の気持ちがこじれてしまうのも仕方なかった。使用後の紙おむつは、どんなに密閉しても臭いが漏れてくる。家全体が、なかなかあの世へ行けない人間の悲しみのにおいで満ちているのだ。

千紗は、こんな臭いを毎日嗅いでいたら頭がおかしくなってしまうと少しだけ母に同情する。そうすることで、母を気持ちの棚のいちばん奥へと仕舞《しま》っておけた。

着替えと化粧を済ませて、冷蔵庫の棚にあった菓子パンをこっそりバッグに入れた。母が夜中にコンビニで買ってきたものだろう。これで一食何とかなる。食費は入れても、こんなものでしか還元されない。祖母の下《しも》の世話を始めてからは、まともに料理も作らなくなった。カレーも煮物も、作っているだけで気持ちが悪いというのだから、仕方ない。

玄関に出たところで、千紗は腕時計を忘れたことに気づいた。二階の自室に引き返したところで、トランクに左足の小指をぶつけた。怒鳴りたくなるのを堪《こら》え、時計を着ける。つまずいたトランクの中には、アクセサリー作りに必要な道具一式と、細かなパーツや銀粘土が入っている。あんなに頑張った卒業制作の「十二星座リング」が、人目にも触れずケースに仕舞われたままだった。

ふと思い立ち、トランクを立ててみた。横の物を縦にするだけで、すぐに旅立てそうな気がする。ふふん、と笑顔を送って部屋を出た。

ミワに会って一週間後のこと。一回目のハッピータイムで客と喧嘩したのが原因でマネージャーに早退を促された。イライラが顔に出るようでは困るから、ともっともらしい理由だったが、これを機に切られるかもしれない。

次のバイト、探さなくちゃ。

千紗はコンビニで買ったハーゲンダッツのアイスを齧《かじ》りながら家まで歩いた。暑さはまだ続いている。聞けば、数十年に一度の猛暑だという。いつ終わるとも知れない熱帯夜、アイスでも食べていなければやっていられない。

この一週間、ミワのことが頭を離れることはなかった。昼間ショップの売り子をやっていても、安いアクセサリーのデザインやそれを求める客の安っぽさが、千紗を少しずつ惨《みじ》めな場所に誘うのだ。

ミワはどうしているだろう。素直に電話をかければいいものを、わずかに残ったプライドがそれをよしとしない。ミワのつよさに惹かれていながら、話したり会ったりすることで余計惨めな思いになるのは避けたい。そうしながらも財布に挟んだ名刺は常に千紗を鼓舞し、同じくらいさびしい縁《ふち》に誘った。

あっという間に溶けるアイスバーを、急いで食べる。全身に糖分が回り、足が前へと出る。この一歩が苦しいときもあるから、バイト先で嫌なことがあったとはいえ、今日はまだましな日だった。

帰宅すると、珍しく母が木綿《もめん》のワンピースを着ていた。ウエストは内ゴムでしぼるデザインだが、ぱんぱんに伸びている。見ているだけで苦しいが、本人はそうでもなさそうだ。眉を描き、うっすらと紅もひいている。いったい何がと思った矢先、茶の間に仁王立ちの彼女が言った。

「これから、函館の兄さんのところにお金を借りに行ってくるから、少しのあいだ婆ちゃんを頼むわ」

ここ数年で最も穏やかな表情だ。

「貸してくれるって言ったの？　こんな夜中に？」

「なに言ってんだ。お前だって、毎日夜中に帰ってくるじゃないか。これから夜行バスで行けば、兄さんが仕事に行く前には会えるからさ。とにかく婆ちゃんのこと、頼んだよ」

昼間はもう、身動きがとれないのだった。勤務態度が格別いいわけでもない社員は、たった一回のわがままで思ってもみない部署に異動させられると聞いた。それがどの部署なのか、噂ばかりで本当に異動した人に会ったことがない。

「急にそんなこと言われたって。こっちにだって都合ってのがあるでしょう」

「都合は承知だって。お前が昼も夜も働いてくれてることは分かってんだよ。だけど、それだけじゃあさ。あたしだって外に出て働きたいのに、婆ちゃんがいつまでもこんなんだから。正直、こんな予定じゃあなかったんだよ」

「婆ちゃんの面倒ったって、何をすればいいか分かんないよ」

母はそのときだけは満面の笑みで「朝と夜、欲しがるだけおかゆを口に入れて、ときどき水飲ませて、おむつを替えるだけだから」と言った。

「兄さんがお金貸してくれたら、すぐ戻るから。頼むって。まとまったもんがあれば、お前だって少しは楽になるんだからさ」

思いつきで朝駆けの無心をされる人間が気の毒だと思った時点で、千紗は母を擁護する気が失せた。怒りが収まるのを待つ気も、諫《いさ》める言葉も持ち合わせていなかった。

「さっさと帰ってきてよ。バイトを休んだら、食費なんてぜんぜん出せないんだからね」

「タッチ」を辞める、今日がよい日だったのかもしれない。千紗の顔に浮かんだ諦めを同意と解釈して、母は大きな肩掛けのバッグを手に持った。

「ちょっと待って。いったい何日留守にするつもりでそんなに荷物持ってるわけ？」

「兄さんが、うん、って言うまで居座るつもりだから。二日か、三日。こう暑いと着替えだって必要じゃないか」

バッグは到底、二日や三日分とは思えない膨《ふく》らみようだ。ふと、母の顔にはり付いた笑顔の意味を疑った。今夜、千紗がいつもより早く帰宅したのは彼女にとって誤算だったのではないか。

「わたしが帰ってくる前に出て行こうって思ったんだよね」

「なに言ってんだ、婆ちゃんの面倒が嫌だからって今度は言いがかりかい」

咄嗟の嘘に騙されるところだった。ニヤついた表情が母の本心を嫌でも伝えて、吐きそうだ。

「お前にばっかり頼ってて、申しわけないって思ったんだよ。婆ちゃんのことは、きょうだい全員で面倒みなけりゃさ。実際におむつのひとつも替えられないって言うんだったら、そりゃあ金で解決してもらうしかないじゃないか」

その目がちらと壁の時計に向けられた。

夜行バスか――

「早く、帰ってきてよ」

声が出たのは、さっき食べたアイスのお陰だった。千紗の横を抜けてそそくさと部屋を出てゆく母の足音は、今まで聞いたこともないくらい軽やかだった。

日払いの収入がなくなって三日目の朝だった。窓を開けても暑さは収まらない。扇風機でにおいを追いやろうにも、家に染みついた臭気はてこでも動かない。冷ましたおかゆをプラスチックスプーンで祖母の口元へ運ぶ。母が戻るまでと、体を拭くのを先延ばしにしているせいもある。今夜仕事から戻ったら何とかしないと、家に居られなくなりそうだ。

「婆ちゃん、早く食べて。お願いだから。わたし仕事に行かなくちゃいけないんだ。頼むってば」

こちらの言うことが聞こえているのかどうなのか、祖母はぐるりと意識を散歩させてからゆっくりと口を開く。朝も夜も、暇も多忙もなくなった棒人間は、もう生きる置物のようだった。

もう家を出ないと、遅刻してしまう。

千紗は、スプーンで祖母の口をこじ開けて、無理やりおかゆを流し込んだ。濁った瞳になにが見えているのか、祖母はかっちりと目を開けて千紗の肩口を睨《にら》んでいる。

「婆ちゃん、帰ってきたら体拭いてあげるから」

祖母の無言を返事にして、急いで家を出た。

一日、エアコンで体を冷やしながらの仕事を終えて、マクドナルドでハンバーガーを食べてから帰宅した。家で食べ物を口に入れるのは無理だし、帰宅の足は重い。母からはまったく連絡がなかった。今夜は伯父に電話をしてみなくては。その前に、祖母の体を拭いて、水を飲ませて。あれもこれもと、やることが押し寄せてくる。

ふと、このまま帰らなかったらどうなるだろう、という思いが湧いてきた。食事も摂らず水もなく、動けない祖母は間違いなく死ぬだろう。

頭上をプロペラ飛行機がどんどん高度を下げてゆく。轟音《ごうおん》が全身を包んだ。

一瞬でもそんな考えが浮かんだことに、特別な思いはなかった。二十四時間に押し出されながらの毎日は、いつ終わるとも知れないが、いつまでも続けられることではない。まずは、伯父と連絡を。

ただいま。千紗が戻った家に音はなく、祖母の濁った息づかいもなかった。

婆ちゃん。

ベッドを見下ろすと、朝食べさせたおかゆがぱっくりと開いた口の端から流れて乾いていた。瞳は相変わらず千紗の肩の向こう側に向けられている。

婆ちゃん。

息をしていないのは確かめなくても分かった。母ももう少し待てば良かったのに、と思いながら両手を合わせる。ひとつ息を吐いて、電話の登録番号から伯父にかけてみた。いくら鳴らしても出ない。叔父も叔母も、実家の番号のときは報《しら》せぬよう登録しているのか呼び出し音が続くばかりだった。

千紗は二階に上がり、ボストンバッグにありったけの着替えを詰め込んだ。そして、アクセサリー作りの道具が入ったスーツケースと一緒に階下に下ろした。

窓もカーテンもすべて閉め、茶の間の電気だけは消さずにおいた。母が戻ったときに、なにがあったのかすぐ分かるように——

思い立って、もう一度祖母のベッドに引き返す。気のせいかさっきよりも瞳が少しだけ優しくなっている。枯れ木のような体に、頭まですっぽりと大判のバスタオルを掛けた。

婆ちゃんは、もう何も見なくていいんだな。

千紗は家に鍵を掛け、夜に向かって歩き出した。さあどこへ行こうか——迷うこともなく、曲がり角でミワの名刺にある番号を呼び出した。すすきのの店に出ているだろうか。折り返しを待とうと思ったところで、呼び出し音が切れる。

「ミワ、なんで出るの」

「千紗？　どうした？　なに言ってんの」と返ってくる。

おそらくここ数日で交わした唯一まともな会話だった。

「ミワ、仕事は？」

「急ぎの仕事が入ったんで、しばらく工房にこもってた。そろそろ仕上げ。そっちは元気なの」

月にもやがかかっている、星が見えない、コンビニのおにぎりが売り切れ、とひとり喋りが続く。ついでのように元気だと答えたものの、そうは響かなかったのだろう。勘のいいミワに「こっち来る？」と訊ねられ、膝から砕けてしまいそうになるのを堪え「うん」と答えた。

「この暑さで乾燥待ちだから、時間はあるの。迎えに行くよ。今どこ」

十分歩けば丘珠空港の入口だった。おそらくそこがいちばん分かりやすい。

「丘珠、わかった。これから向かうから待ってて」

空港入口に着いてほどなく、千紗の前に赤いジムニーが停まった。

首にタオルを下げ「暑いね」とひとこと言っただけで、ミワは千紗の荷物を後部座席に積み込むとすぐに走り出した。ミワは千紗の荷物の多さに何も言わない。ジーンズとTシャツ姿のミワは本当に作業中だったのだろう。夜目に見ても、化粧気がない。

「この車、エアコンついてないから、暑かったら窓開けてね」

「ありがとう、忙しいのに」

乾燥待ちだから、いいんだと電話と同じことを繰り返す。

てっきりミワの工房に行くものだと思っていたが、車が停まったのは石狩の岸壁だった。夜の海には半月が映り込み、ぽつぽつと沿岸の明かりが遠くに瞬《またた》いている。

ミワがハッチを開けた。岸壁を照らす背の高い街灯の下で、何か組み立てている。助手席から出てそばに行くと、「はい」と釣り竿を渡された。

「いま、餌を付けるからちょっと待ってて」

もう一本の竿を準備して、仕掛に鉛《なまり》を取り付けると、ミワは三つの釣り針それぞれに二センチ角の平たい餌を引っかけた。

「その餌、なに？」

「サンマの塩漬け。これがいちばんなんだ」

車の前、岸壁のぎりぎりまで出て頭上から振り下ろすように竿を投げる。続いて、あまりに慣れた姿に驚いている千紗の竿を持ち、左に角度を変えて投げた。

「今日はどうかな。こう毎日猛暑が続くと、さすがに魚もぐったりだろうねえ」

海に来ると、街の暑さが嘘のようにいい風が吹いていた。潮の香りが、ずいぶん遠くまで来たような気にさせる。街なかにばかりいたので、海の近い土地であることを忘れてしまっていた。

ふたりで竿を手に、岸壁をゆったりと上下する海面を見ていた。何も訊かれず、何も言わない。数メートル先に落ちる糸を見ていると、千紗の脳裏からつい先ほどの光景がどんどん薄れてゆく。

糸を垂らしてから数分経ったころ、竿を持つ千紗の手に急な重みが加わった。こちらの不意を確かめるように、小刻みに引いている。

「なに、なんか来たよ。ミワ、これどうするの」

「リールを向こう側に回して、糸を巻いて」

涼しい顔で言われて戸惑っていると、自分の竿を岸壁に置き、ミワが代わった。一度大きく竿をしゃくって、緩んだところを巻き取ってゆく。じきに、水面に白く魚の姿が上がってきた。

ミワは二十センチ長のコマイを器用に針から外し、ハッチのバケツに入れた。そのあとは五分に一匹ずつの釣果《ちょうか》で、大小のコマイが釣れた。ミワに言わせるとまぁまぁだという。十四目に釣れたのは、見るからに小魚だった。そんな小さな魚は食べられないだろうから放してあげてはどうか、と言った千紗に、そのときだけ顔を向けてミワが言う。

「大きくても小さくても、これはわたしが今日いただいた命だから。傷をつけて自然に帰しても、弱ったところを大きな魚に食われてしまうんだよ。最初に傷をつけた者が責任を持って食べなくちゃ」

釣り道具を仕舞いながら、ミワが歌うように言った。自分たちはそうやってここで生きてきたんだ、ずっと昔から。千紗はこの世に生を受けてから見てきたものが何だったのか、よく分からなくなった。

海からミワの工房まではほんの十分だった。住宅街の外れに、貨物列車のコンテナがひとつぽつんと浮いている。車を停めるスペースと貨物コンテナひとつ。コンテナの入口にはアイヌ紋様の縁取りで肩幅くらいの看板が掛かっていた。

「スタジオＭＩＫＥ」の看板に、投光器が向けられていた。

中は見かけよりもずっと広い。小さな台所と簡易トイレもついている。奥には作り付けの棚に似たベッドがあり、真ん中で幅をきかせているのは無垢材《むくざい》で出来た畳一帖もありそうな作業台だ。古い扇風機が作業台に広げられた木工レリーフに穏やかな風を送っている。貨物コンテナは、窓のある立派な居住空間だった。

ミワが台所のシンクに釣ってきた魚を移した。魚をさばくときも作品制作のときも、ミワの集中力には差がないのだろう。学校にいたころも、おのおのが制作に集中するなか赤城ミワだけが異質な空気をまとっていた。

魚と冷蔵庫から取り出した根菜、葉野菜でミワは三十分かけずにスープを作った。

「味付けは塩だけ。今食べてもいいし、明日の朝でもいい。ご飯は好きな時間にあるものを食べて」

ちょっとだけもらう、と応えた。すぐにカフェオレボウルのようなどんぶりに、魚のスープが盛られて出て来た。

「暑いときは熱いものを体に入れるのがいいよ。温度差がない方が体にはいいから」

塩でしか味付けしていないという割には、魚はうっすらと甘く、野菜はほろ苦かった。ついさっきまで、海の中で自由に泳いでいた魚の身は、口に入れればすぐに崩れた。そのたびに潮のいい香りがする。どうして人間だけが死の前後あれほど臭いのか不思議だった。

ぽつぽつと話しているうち、ミワがいま手がけているものがカクテルバーのコースターだということが分かった。

「飲み物によってコースターを替えるらしい。グラスが安定する、コースターというより木製の台っていうオーダーだった」

照明を落とした場所でも映えて、飲み物の邪魔をしないデザインということで、ミワが選んだのはトドマツだった。

「この白さは主張しすぎないし、柔らかいから」

「資材の仕入れはやっぱり、業者からなんだよね」

ミワは「いいや」と首を振り、平取の実家にあるものを使っていると言った。

「うちは代々、手作業の家だから。弟は木工専門だけど、わたしは何でもやる。木だけじゃなく、布も糸も」

使い終わった食器をシンクで洗い、籠に伏せた。ミワはもう自身の力で仕事を得ているのだった。学校を出て一年目は、ほとんどの生徒が就職をする。希望の職種に就けなかった者もいるし、千紗のようにアクセサリー店に勤めたり、服飾の分野に散ってゆく。どこに居場所を得るにしても、運の善し悪しはついて回る。

丸椅子に腰掛けたミワが「好きなときに寝て」と言った。自分は明け方まで作業するので、ベッドでも寝袋でも、好きな場所で休めという。

なるほど、ベッドの足下に畳まれているのは、よく見れば毛布ではなく寝袋だった。どこで転がろうかと辺りを見るが、木材や万力、研磨機や薬剤の棚を避けると、やはりベッド棚の下くらいしか場所がない。キャンプみたいだと言うと、そのときだけミワがふふっと笑った。

眠気はやって来そうもなかった。ミワがコースターをひとつひとつ確認しているのを見ていると、学生時代に戻ったような気がしてくる。手持ち無沙汰で、足下にあるトランクを開けてみた。

卒業からほとんど見る余裕もなかった彫金の道具やアクセサリーパーツ、小型の炉《ろ》、ヤスリや作業マット、一グラムも無駄に出来ない銀粘土がぎっしりと詰められている。

毎日、このトランクを開いては新しいデザインをかたちにすることに集中していた。あの楽しかった日々が、ミワのそばにいると現実にあったことと信じられた。

「この作業台の端っこ、ちょっと借りてもいいかな」

「いいよ」ミワは視線を作品に向けたまま答えた。千紗はA3サイズの作業マットを広げ、銀粘土と手のひら大のアクリル板、カッターと小筆をのせる。

アクリル板を使って銀粘土を転がし、直径四ミリ×七センチの棒を三本作った。中指で十三号。千紗が見立てるサイズが外れたことはなかった。自慢があるとすれば、そのくらい。少し大きめの輪を三つ作り、鎖《くさり》状に繋げた。ふたつまとめて、最後の一本を通す。三連リングの原型だ。

ウエットティッシュで表面をなめらかにしてハンドドライヤーで乾かした。ミワは自分の作業に集中しているのか、こちらを気にする様子もない。

「台所のガス、ちょっと使ってもいいかな」

「どうぞ」

コースターの裏に焼き印を捺《お》す準備をしているミワも、汗を拭いながら熱に耐えている。まるで我慢大会だ、と思いながら千紗は楽しくて仕方ない。五徳《ごとく》に目の詰まった焼き網を載せる。熱して赤くなったところに成形した三連リングを置き、網製のカバーをかけた。

汗を流しながら、七分待った。そろそろいいだろう。リングを冷ましているあいだ、ミワの作業を覗き見する。気にする風もなくひとつひとつの焼き印を確認するミワは、ここの工房主だった。

それが「スタジオＭＩＫＥ」の専用パッケージなのか、真っ赤な紙製の箱にきっちりと十枚ずつコースターを収めた。五つある箱の蓋は黒で、ゴールドのロゴで「ＭＩＫＥ」とある。

「格好いいね。その箱も手作りなの？」

「自分で作らないと、コストかかっちゃうからね」

やっと、このあいだひと風呂浴びた宿で見せた笑顔になった。

ミワが明日の用意をすると言って、作業台の上を片付け始めた。次は何かと問うと、民族衣装だという。いつか、季節制作の際に観たことがある。着物とガウンの中間みたいな羽織ものに、びっしりとアイヌ紋様のパッチワークと刺繍が施してあった。

そんなプロ顔負けの作品を作る人間はミワだけだったし、それだけに生徒たちはみな、彼女がなぜデザイン学校に入学したのか不思議がった。

冷めたリングに金ブラシを掛けると、銀の顔が見えてくる。全体が銀色になったところでサンドペーパーに切り替える。そのあとは、少しずつ番数を上げていき、最後は仕上げクロスで艶を出す。

たっぷり二時間かけて磨き上げた三連リングを、頭上の照明にかざしてみた。真夏の月よりずっと輝いている。まだまだ出来る。きっと、もっと出来る。

明日からの作業支度を終えたミワが、そろそろ寝ると言った。千紗は自分の腕がこの先もっと伸びてゆくことを信じたくなっている。床に寝袋を広げているミワに、リングを差し出した。

ミワは「ありがとう」と受け取ってすぐ右手の中指にはめた。三つの輪が代わる代わる回転しながら付け根まで届いた。ぴったりだった。

「銀細工、得意だったよね。丁寧な仕事するなあって思ってた」

「ミワはすぐにでも独立出来そうな腕があったのに、どうして専門学校に通ったの」

「どうしたの、いきなり」

「誰も訊かなかったと思うけど。ミワの作るものはいつも、既に商品だったから」

さっさとベッド代わりの棚に横になったミワが「それだけじゃあ、駄目なんだよ」と言った。

「木工と刺繍なら、親から習える。でも、それだけじゃあ駄目なんだ。彫金も陶芸も、紙も木も金属も土も、ぜんぶ使えるようにならなくちゃ。自分のブランドを作るにしたって、基礎の基礎くらいは手に入れておきたいじゃない」

学校の二年間は面白かったよと言う。一目置かれながらもどこかで恐れられていた彼女が、千紗のことを覚えてくれていたことが嬉しくて、同時にやはりこの女には敵わないのだと思えてくる。

右手を広げて光にかざしたミワが、なぜこのデザインなのかと訊ねた。

「ティファニーとかカルティエとか、流行ってたし」

「どうして真似するの。オリジナルじゃないと、作ってる時間がもったいないじゃない」

秒を待たずに言い切られ、返す言葉がなくなった。そのとおりだった。赤城ミワの前で、ティファニーだのカルティエだの、そんなブランド名を出した自分が馬鹿だった。模造品にもならぬ物を、最もそぐわぬ人間に渡してしまったのだった。

返してくれ、と喉元まで出かかった言葉をのみこんだ。今の自分がどれだけ格好悪いかを確かめるのは嫌だった。

電気を消して、寝袋に体を入れる。眠りはなかなかやって来なかった。ミワの寝息と時々耳のそばにやって来る蚊の羽音に責められながら夜をやり過ごす。

それでも窓の外は白々と明るみ、朝は来る。

その日から千紗は「スタジオMIKE」の居候《いそうろう》になった。

夜のアルバイトに使っていた時間を作業にあてると、一日にふたつから三つのリングが作れるようになった。ミワも、いい機会なので制作に専念するという。連れ立って漫画喫茶でシャワーを浴びたりしながら、日々汗を流す方法を変化させてゆくのも、ふたりにとっては楽しいひとときだった。

三日目、ショップの仕事を終えてコンテナに戻ると、部屋の隅に五十センチ四方の作業台が設《しつら》えてあった。

「天板が手に入ったから、レンガ積んで渡してみた。狭いけど、使ってみて。高さはレンガで調節して」

嬉しくて、礼の言葉がすぐには出て来ない。五十センチ四方、自分だけの世界がそこにある。頭の中にあるものを唯一具現化できる庭だった。千紗にとってはその場所をくれたのが赤城ミワだったことが何にも増しての喜びだ。自分は物作りをする人間として赤城ミワに認められているという嬉しさである。

運転席で、寝る前のひとときで、お茶で一服の際、ミワはぽつぽつと彼女だけの言葉を語った。

「こんなの作ってみたいと思っていたデザインってさ、結局誰かが既に作ってるんだよ。気づいたとき怖くなったんだ。永遠に人真似で終わっちゃいそうなことが」

「それ、いつ気づいたの」

「ずっと前。子供のころ。おばあちゃんに、刺繡を習い始めたとき」

そんなひとことを何気なく吐く女の顔をまじまじと見るとき、千紗はこの瞬間のことは一生忘れないだろうと思う。赤城ミワは、自分が人真似で終わることを何より恐れている。学校ではみなミワを恐れながらも超えようとしたけれど、その誰もが間違っていたのだった。ミワは誰とも競わない。既存のデザインへ傾斜しそうになる心根と闘っている人間とは、スタート地点もゴールも違う。

「いつか、ひとりっきりのひとりになるって、いいと思わない？」

そんな問いにすぐに答えられたらと気後れしながら、それでも千紗は自分のためにひとつ頷く。

「ミワ、それってオリジナルってことだよね」

「そういう言い方もある。でも、そんなに単純な割り切りも出来ない。ひとりしかいない自分になるって、視点は自分以外にはないから」

ミワの言う「自分」は、なかなか見つけられなかった。デザイン画を描いてみても、必ずどこかで見たことのあるようなものばかりだ。集中力がふと途切れる瞬間、鼻先に祖母の死臭が漂うとき、最も「ひとり」あるいは「オリジナル」をつよく感じ取るのは皮肉なことだった。

猛暑と呼ばれた夏も、終わりが見えてきた。ショップのお盆休みのシフト調整で、地元の千紗は九月になってからの休暇が決まり、ほかの三人が少し優しくなった。

ショーケースのガラスを磨き、年中セールを告示している安価商品の在庫を確認する。夏休み中の人出はまあまあだ。地上は暑いので、みな駅地下を歩く。もう、マネキンは秋物をまとい、夏物のセールも終わりが近づいていた。

ここ一週間で、ルビーのピンキーリングを探す客がふたりいた。ファッション雑誌でモデルが着用しているものは、しっかりチェックしておかねば売り逃してしまう。夜の仕事を辞めたことで、意識が二十四時間アクセサリーのことに向かっていた。

開店のアナウンスが流れた。通り抜けの客に紛れて、行くあてのなさそうな学生の姿がちらほら。このあたりでは顔の利くスタイリストが店の前を足早に通り過ぎてゆく。

常時ふたり体制で対応しているので、人間関係さえストレスを抱えなければ悪い職場でもなかった。

フロアに、紺色のノースリーブワンピースに明るめのベージュの羽織り物姿の女と、黒いジーンズに夏物のジャケット姿の男がセールのブースには目もくれずに入ってきた。

女はペアリングを一瞥《いちべつ》し、男になにか話しかけている。店を通路代わりにして通り過ぎる気配もないので、一歩踏み出し声を掛けた。

「いらっしゃいませ、なにかお探しですか」

女がひかえめな笑顔で千紗を見た。

「つかぬことをお訊ねしますが、引地千紗さんでいらっしゃいますか」

千紗は自身の胸に着けたネームプレートを見て、下の名前までは記していないことを確かめた。

「はい、そうですが」

「ご実家の件で、少しお話を伺いたいのですが――」

こんな一瞬を想像しなかったわけではない。けれど、もっとずっと先のことだと思っていた。いったいなにを根拠にそう思っていたのか。

バッグひとつで車に乗せられても、千紗にはまだなにも理解出来なかった。車窓を流れてゆく夏の大通に、ビアガーデンが軒を連ねている。日陰を探して、人が立ち止まっている。それらがあっという間に視界を通り過ぎた。


主文　被告人を懲役十月《げつ》に処す。

なお、この刑の執行を三年間猶予《ゆうよ》する。

ミワから差し入れられた学生服そっくりな紺色のスーツは、三か月の勾留《こうりゅう》生活ですっかりゆるくなっていた。

アクセサリー作りは作業に使う工具が危険なので許可されなかった。毎日同じファッション雑誌を眺め、アクセサリー専門誌をめくっては、係官に「寒い」「暑い」を告げる日々も、今日で終わった。

裁判官が女だったのは意外だった。ドラマとは違って、熱血弁護士もいなければ机を叩く意地悪な検察官もいない。みな静かで行儀がいい。

まだ弁護士になりたてのような国選弁護人から、接見の際「この場合は、判例でも執行猶予が付くはずです」と聞かされていたので、外に出られるからといって大きな喜びもない。世の中には似たようなことに遭遇する人間がたくさんいるのだと、行儀のいい弁護人が言った。

「お母様が面会を希望されていますが、どうしますか」

「断ってもいいんですか」

「もちろんです」

千紗が即答しても、驚きもしなかった。おかしな説教も垂れない。会った方がいいとも言わない。おそらくこんな答えも、世の中にたくさんあることのひとつだったのだろう。閉廷後弁護人に一礼すると、初めて「良かったですね」という好意的な笑みが返ってきた。

「もう勾留状の効力はないので、あとは拘置所《こうちしょ》に私物を取りに行くだけです」

護送車に乗って戻ってもいいと言うが、「自分で何とかする」と断った。廊下の曲がり角まで来ると、こざっぱりとしたワンピース姿の母親が立っていた。薄く化粧をしている。不意を突かれてうっかり目を合わせたが、なんの感情も湧いてこない。

千紗の名を呼びながら崩れるようにこちらに寄ってくる母親の、胸のあたりに手のひら大の巾着《きんちゃく》が抱かれている。それが祖母の遺骨だと気づいたところで、長い悪夢が終わった。

千紗は立ち止まらず母親の横を通り抜けた。職場も居場所も失ったのだ。明日からまた、すすきので風俗店勤めが始まるのだ。まずは、一食くらい贅沢なものを食べてやろうと、ふてぶてしく開き直ったところで、裁判所の出口に着いた。

自由がなくなった日はまだあんなに暑かったのにと空を見上げる。銀杏《いちょう》の葉が落ちて、道が黄色い。それまで横にいた弁護人が立ち止まった。視線の先に、ミワがいた。

ミワはジーンズにキルティングのジャケット姿で弁護人に頭を下げた。

「ああ、間に合ったんですね。良かった」

「このくらいの時間だと伺ってましたので」

母親を見たときとは少しばかり弁護人の態度が違う。千紗はミワに引き渡された。車は大通の地下駐車場に停めてあるという。

いざ会っても、上手い言葉が出て来なかった。

「差し入れ、ありがとう。助かった」

「なにが食べたい。好きなもの言いなよ」

駐車場までの五分間、なにが一番の贅沢かを考えていたがさっぱり浮かんで来なかった。

「ミワは、なにが食べたい？」

「ラーメン」今夜のメニューがあっさり決まったところで、車が地上に出た。

放られた場所で、ささやかに咲いてゆくのだ。もう自分には、振り返る過去もない。とうとう、ひとりになった。本当の、身軽だ。

ハンドルを握るミワの手に、いつか渡したシルバーの三連リングが光っていた。毎日着けていないと、すぐ酸化してしまったろう。

私物を引き取ったあと、ラーメンと餃子をたらふく腹に入れた。理由もなく笑えるところまで、戻ってきた。

母もきっとそうなのだ。自分が手を下さずに娘が自由を叶えてくれたことを、素直に喜べばいいのだ。

「ミワ、また魚釣りに行きたいな」

「いいよ」

コンテナハウスの前で「働く場所が見つかったら、出てゆくつもりだ」と告げた。大粒の白いものが頭上から落ちては消え、消えては落ちてを繰り返す。季節は誰より律儀だ。

ミワは答えず、鍵を開けてさっさと中へ入って行った。

夏よりもほんの少し、ミワの作業台の場所が変わっていた。台所がちょっとだけ狭くなっている。視線を奥にやると、棚ベッドがL字型に変わっており、布団が二組になっていた。ベッドの頭部分に、千紗の作業台が壁を向いて設えてある。

千紗の脳裏に、さっきまで水の中にいた小魚が息絶える前にくるりと指に巻きついてくる絵が浮かんだ。傷つけて水に戻すことは、自然の掟《おきて》に反している。

作ってみようか。

ストーブが派手な音で点火を報せ、勢いよく炎が立ち上がった。

誘う花

島に帰ろうかな、と楓子《ふうこ》が言った。

午後九時の食卓に並ぶ薄味のチャンプルを口に運びながら、穣司《じょうじ》は箸《はし》を止めないよう気をつける。動きを止めたら、妻の訴えに真正面から付き合うことになる。

帰りたいなあ——駄々をこねる妻の目を見ないよう努めた。

彼女が帰りたがっている島は北海道からは遠く、飛行機を二度乗り継がねばならない沖縄の久米島《くめじま》だ。

札幌郊外にある、広さだけが取り柄のような古い賃貸マンションには、いつも絵の具のにおいが漂い、昼も夜もなく南国の花を描く妻がいる。穣司は日刊教育通信の記者として、朝から札幌を囲む市町村に車を走らせる日々だ。

「美味《おい》しいよ、このチャンプル」

「やっと雪が溶けたと思ったら、いつまでも寒い。もう五月だよ」

「明日、ちょっと苫小牧方面に行ってくるんだ。牛肉の美味しいところだっていうから、良さそうなお店、地元の人に訊いてくるよ」

「道ばたに紫色の花が咲くと、気が滅入《めい》るんだ。どうにかならないかな」

皺《しわ》の目立ち始めた目尻や口元に似合わぬ幼い口調だった。去年よりずっと症状の重たいことが、いまの会話ではっきりした。そのうち口数が減ってゆくだろう。そして妻は眠れないと訴え、沖縄の植物をモチーフにした絵を描き続け、説き伏せて病院に連れてゆくまで「島に帰りたい」毎日が続く。

雪が降る頃から穣司の不安がつのり始めるのだった。雪解けの頃には嵐の予感にびくびくする。年がら年中、妻の様子に気を抜けないのは自分の方なのだが、彼女の心に穣司を気遣う余裕はない。

「島に帰れば、毎日楽だよ。食べ物だって住む場所だって着るものだって、ここみたいにお金かからないもん」

「お風呂、沸いてる？」

「ふん」と鼻を鳴らしたあとひとつ大きなため息を吐いて、楓子はふすまを開け放した隣の部屋へ行き、イーゼルの前にある丸椅子に腰を下ろした。

いま手がけているのは、一夜だけ咲く幻の花「サガリバナ」だ。楓子がこの花を描き始めたのは、雪解けの三月。花言葉が「幸福が訪れる」だと言った日から、ほぼ毎日のように「島に帰りたい」が続いている。実際に花が咲くという七月まで、描き続けるのだろうか。完成する日を思うと、いつもながら皮膚の内側がひりひりとしてくる。

風呂に浸かり一日を振り返るのが、今日の穣司に与えられたいちばんの安息だった。隣町の教育長から先日の記事について回りくどく厭味を言われたことも、新しい取り組みを猛烈にアピールしてくる新校長のデリカシーのなさも、帰宅後の緊張を思えば些細《ささい》なことだった。

湯船から上がると、途端に体が重くなる。地球に帰還した宇宙飛行士さながらに、腕を持ち上げるのさえ怠い時間だ。パジャマ代わりの部屋着は、袖《そで》のあたりが少しほつれていた。毎日糸が少しずつ生地から離れてゆき、いつかぱらりと落ちる場面を想像する。

「いや」と無意識に首を振った。半分もほつれぬうちに、強く引っ張って破いてしまうだろう。それが自分なのか楓子なのかはわからないが。

寝室のドアに手をかけ、キャンバスに向かう楓子を振り向き見た。頑《かたく》なで細い肩先が、そのまま妻の気性を語っている。穣司はひとりベッドに横になった。

瞑《つむ》った瞼《まぶた》の裏側に、楓子が描くサガリバナの繊細な花影が浮かぶ。花が今日と決めた夜、細い張りのある糸を幾本《いくほん》も伸ばし広げる。暗闇で咲ききって、朝には地面に落ちる一夜花だ。

彼女の実家にも、ノウゼンカズラ、ブーゲンビリアやテイキンザクラ、ハイビスカスと次から次へと花の咲く庭があった。楓子が両親を失った飛行機事故から、もう二十年が経とうとしている。

若いうちにと決めた長い旅の途中、那覇にあるホテルのアルバイト先で知り合ったのだった。琉球特有の、丸い顔立ちにはっきりとした大きな目、意志のつよい眉と唇。

本人が笑いながら言うところの「この顔は、島じゃあもてるんですよ」が、まんざら冗談でもないと知ったのは、穣司との結婚を決めるまでに判明した恋の清算だった。からりと明るく他の男との別れを報告されると、腹を立てながらも「良かった」と思ってしまう。そんな態度が包容力だと信じていた若い日があった。

沖縄本島で挙げた結婚式が、家族写真の最後の一枚になった。兄ふたりは那覇に暮らしていると聞いたが、電話のたびに仕事が変わっているのと、金の無心が増えた頃から疎遠になってしまった。今はもう、連絡が取れない。

兄たちの借金の返済に遣われ、久米島にはもう楓子の戻る家はない。

楓子は四十までの間に三度に及ぶ流産をした。一回一回が、ふたりにとっての大きな事件だった。三度目、しばらく掛ける言葉がなかった。いつまでもじくじくと悲しむ妻に「期待してなかったし」と言った。どう言葉を弄《ろう》しても、慰めにならなかった。妻の心が旅を欲するほどに壊れた原因が何だったにしても、自分は何かを間違ったのだ。

家も血縁もなくなってしまった場所になぜ、と不思議に思ったときにはもう、妻の心は本人の好きな時間に飛べるようになっていた。

見たところ今日は、まだ二十《はたち》前の娘時期なのだろう。四十五歳になる同い年の穣司のことは、どんな風に見えているだろうか。楓子の望む夫でいると決めたけれど、それも時々つらい。

目を瞑れば、サガリバナの糸状の花びらが視界いっぱいに広がる。このまま花の奥に取り込まれてしまいたくなる。

浅い眠りに漂い始めたところで、楓子がベッドに入ってきた。

穣司の耳元に唇を寄せて「だいじょうぶだよ」と囁《ささや》く。

「ここなら誰も来ないよ。だいじょうぶ」

ああ、と腑に落ちた。今夜自分は若い楓子に誘われて鼻の下をだらしなく伸ばす中年男なのだ。

「誰も来ないかな。本当かな」

「うん、本当」

絵の具とボディソープの香りを交互に嗅いで、女の体に沈み込む。本人が自分のことを若いと思っているからなのかどうか、首や背中にからめる腕に、信じがたい媚《こ》びがあった。

「本当に誰も来ない？」

「来ない。ここはわたしの秘密の場所だから」

ふふっと笑う。

奥へ奥へと進み行くと、急に開ける場所がある。それが楓子の体に空いた大きな穴だと思うほどに、おかしな解放が訪れる。

快楽が自分たちの命と精神を叩いては刻んでゆく。この役を演じきる集中力を、いったいいつまで保てばいいのか分からなかった。

翌朝、穣司はばたばたと両手を伸ばして目覚まし時計を探した。妻の悪戯《いたずら》で日々場所を変える時計は、今日はベッドの下にあった。

怠さの残る体を無理やり起こすと軽いめまいに足がもつれる。壁に手をつき、やり過ごした。楓子はもうベッドから出ている。いったいいつ起きたのか、今日も分からなかった。

ダイニングテーブルの上には朝食用のプレートがあり、目玉焼きとタマネギのマリネとロールパンが用意されている。あとは好みの濃さでコーヒーを淹《い》れればいいだけになっていた。

楓子は変わらずこちらに背を向け、キャンバスに向かっている。サガリバナの細い花弁に、細い筆を使いひと筋ひと筋丁寧に白を載せていた。

「おはよう、少しは寝たかい」

振り向かず「うん、おはよう」と返ってくる。聞こえてはいるようだ。コーヒー豆を濃いめの設定に合わせ、ミル付きのコーヒーメーカーに入れた。

五月の晴れ間、ほどよい風と青いばかりの空と、ライラックの香りが街を包む。これが過ぎればポプラの綿毛が景色を通り過ぎてゆく。若い楓子が「外国みたい」と言って喜んだ街だ。

あの頃穰司を喜ばせるために吐いた嘘が、今ごろになって裏返りこぼれ落ちているのだろうか。とすれば、ひとの気持ちの移ろいなんてものは、あらかじめ用意されているのではないか。何もかもが予定のとおりに進み、本人がアクシデントと思わなければ、プラスマイナスでゼロになる。

今日の取材先までは往復で四時間と少しの距離がある。コンビニで栄養ドリンクを一本飲んで、札幌から高速を使った。

一般道に降りたあとは、エアコンを使うよりも窓を開けて走りたいくらいの晴天だ。沿道に田植えを終えたばかりの瑞々《みずみず》しい風景が流れてゆく。昨夜の疲れも景色とともに後方へと飛ばせそうな気がしてくる。

会社に寄らずに帰っていいのはありがたかった。時間があれば、楓子を連れて行けるような店や温泉も見つけられるだろう。

向かうのは、ダム訴訟で話題になった町の小学校だった。この春に赴任した校長の、人柄と横顔を原稿にまとめるのだ。民族問題がからむせいか何かと話題になる土地だった。

午前十一時、校舎の前に車を停めた。人あたりの良さそうな校長が玄関まで出て待っていた。終始笑顔を崩さない男は、穣司とそれほど年が違わない。

通された校長室は、黒い応接セットのほかは通路しかない狭さだった。ねずみ色の書棚には、いつ開かれるのか分からない厚い背表紙が並んでいる。

スプリングが深く沈むソファーに腰を下ろした。穣司の名刺をしばらく眺めたあと「失礼ですが」と校長が窺うような目つきで訊ねてくる。

「どういう方向での記事になるんでしょうか」

「方向、とは？」

質問に質問で返してしまったことを詫びた。校長は一、二秒首を傾げたあと言いにくそうに口を開く。

「ダム建設の件で、町が大変なことになっておりまして」

アイヌ民族の重要な儀式が行われる聖地がダムに没するということで、先住民側からの猛烈な反対運動があったのは知っている。一部の住民が交渉を受け付けなかったため、土地収用法によって強制収用となったはずだ。昨年、運用が開始されたと報道されたのではなかったか。

「最近、原告が道を相手取って行政訴訟を起こしました」

校長の心配は、その原告の子供が学校にいるということだった。

「この間も、ちょっとわけの分からない人間が訪ねて来たりしましてね。どうやら、原告の家族の写真を撮ろうとしていたようなんです。何に使うのか皆目見当もつかないんですが。ここは、そういう目に晒《さら》された学校なんですよ」

ダム建設に端を発した反対運動と裁判、補償交渉決裂によって、町だけではなく人も割れる結果となったのは容易に想像がついた。

それで、と彼の言葉が続く。

「できるだけ、そちらの方には触れないようお願いしたいんです」

新校長の人となりを書く上で、触れられない問題があるのは厄介だ。しかし、穣司の仕事は官側と教育者に向けた記事を書くことだ。問題点を見つけて暴くのが本筋ではない。

「ご心配、ごもっともと思います。ご存じのとおりうちは業界紙ですから、どなたの益にもならぬことは、あまり」

右から左へ、決まりきった記事を書いて流してゆく。人柄が伝わればいい。そんな技術だけを手に入れ、長いこと大過《たいか》なくやってきたのだった。

校長の表情が和らいだ。今までの笑みは、社交用だったらしい。

新任校長の抱負、子供たちとの関わり、自分らしい取り組み、教育への思い――今日のうちに終わりそうだ。

帰りにどこかコーヒーショップにでも寄って書いてしまおう。家には仕事を持ち帰らない。それもまた、ここ数年で身についた習慣だった。

授業の終わりを告げるチャイムが鳴り響く。学校の取材には席を立つタイミングがあるのがありがたい。顔写真を数枚撮って取材を終えた。挨拶《あいさつ》を終えて、校舎を撮影して帰る旨を伝える。

「ああ、それでしたら、グラウンドの角にある大きな柏《かしわ》の木の下から撮るのが全景がきれいに入ると聞いています」

笑顔で礼を言って、給食の準備でざわついてきた校舎を出た。広いグラウンドには白線で楕円のトラックが描かれており、白さに目が痛むくらい日差しが降り注いでいる。グラウンドの中央に立って、校舎を振り返ってみた。長閑《のどか》な田舎の小学校があった。校舎内の賑わいも、子供たちの声も、どこにでもありそうな音、景色。

カメラを覗き込みながら、グラウンドを囲む木々の陰へとあとずさる。気付けば、大きな柏の木のそばにいた。

木陰にいい風が通り過ぎてゆく。しばし目を閉じて、風の中に立った。風は穣司を包んで通り過ぎる。目を開ければ、グラウンドの真ん中でくるりと土が舞った。

柏の梢《こずえ》から、いくつものちいさな陽光がこぼれ落ちてくる。いい場所だ、と木の根まで眺めたところで思わず飛び退《の》いた。

少年がひとり、木の下に座り込み膝を抱えている。

なにか、この世のものではない気配も感じられて、更に一歩退いた。抱えた膝に頭をのせていた少年が、ゆるゆると顔を上げる。その顔立ちにはっとする。少年は、この地に長い歴史を持ったアイヌ民族の目鼻立ちをしていた。

黒目がちの大きな瞳がこちらを見る。頬に擦《す》り傷があった。膝からも血が出ている。気をつけて見ると、青いＴシャツの襟が伸びきって、背中のあたりが破れている。何かに強く引っ張られて裂けたようだ。

「どうしたの、きみ。その怪我。木から落ちたのかい？」

少年はゆるゆると首を横に振る。頬だけではなく、額にも傷がある。引っ張られたＴシャツの襟によるものか、喉から首筋に向かって斜めに走るうっ血があった。シャツごと、どこかにぶら下げられた、と考えると背筋が寒くなる。これは校長に知らせる必要がありそうだ。

「保健室に、連れて行くよ。その膝で歩くの、痛いだろう？」

少年はまた、首を横に振った。そして、意外なほどはっきりとした声で言った。

「だいじょうぶです。ありがとうございます」

まだ高学年になったかならぬかという年端の行かぬ子に、変わり始めた声ではっきりと拒絶された。傷の様子から、放っておくことは出来ない。校舎に戻りたくない理由は、様子からみて明らかだった。

いじめという言葉に敏感な職場の、更にそこを突き詰めずにいたい土地の校長に、この子を守る力があるのかどうか。連れてゆく人間が自分では、向こうもばつが悪いだろう。

「ちょっと待ってて、車を取ってくるから」

どうするか決めかねたまま、木の下から走り出た。

職員玄関の前から急いでグラウンド脇の道路に車を移動させ、校舎からは見えない場所から柏の木まで戻った。

少年はいなかった。辺りを見回し、周囲の木の陰を捜すが見つからない。三分も待たせなかったはずだ。彼がいったいどこへ向かったのか気になって仕方ない。学校の周りを低速で一周してみたが、見つけられなかった。

半分諦めて、国道に出る。電信柱二本ほど先に、青いTシャツの背中を見つけた。傷だらけで帰宅する子供を見て、親はなんと思うだろう。少年を追い抜いたところで、車を停めた。

陽光の下、狭い歩道で向かい合えば、木陰で見たときよりも傷は多そうだ。

戦士を思わせる顔立ちが楓子の父親によく似ていることを、お節介の大きな理由とした。

「送らせてもらえますか。怪しい者じゃないです。教育関係の会社に勤めています。このへんはスクールバス登校ですよね。歩いて帰るのは大変じゃないですか」

怪しい者ではないことを強調するあまり、変に丁寧な口調になってしまう。少年の足下に短い影があった。できるだけ腰の位置を低くして、彼の身長に合わせ説得する。一歩も動かないので、シャツの胸ポケットから名刺入れを取り出し、一枚手渡した。

「人さらい、ではないです」

少年の視線が車に移ったのを見てほっとする。きりりとした太い眉毛は、いつか沖縄の翁に似た風格を手に入れるのだろう。

後部座席に乗せて、どちらに向かって走ればいいかを問うた。

「ダムを過ぎて、すぐのところ」

結構な距離があった。歩かせなくて良かったと思いながら、ダムに向かって車を走らせる。ときどきバックミラーを覗き込めば目が合った。

左に折れるよう指示されて、ゆるやかな昇りの砂利道に入った。先に住宅と倉庫が並んでいた。倉庫の前に人影がある。座ってなにか作業をしているようだ。停めた車の後部座席から、少年が飛び出し人影に向かって歩いてゆく。

人影は若い女性だった。黒々とした髪をふたつに結《ゆ》わえて耳の下にさげている。説明せずに立ち去るのもおかしいだろう。運転席から降りて頭を下げた。

少女は作業着を着て片手に包丁を持っていた。足下に、帯のように薄い木の皮が折り重なっている。

「怪我をしていたのを見つけたものですから」

頭を下げると、娘のほうも腰を折った。

「弟がお世話になりました。ありがとうございます」

姉だったか、とその落ち着いた物腰に驚き、そして再び頭を下げた。弟が楓子の父親を思わせる顔立ちだったので、予想はしていたのだが、姉のほうはやはり若い頃の妻を思い出させた。

「ちょっと、ここで待っていてくれませんか」

彼女は包丁を椅子に置き、弟を連れて一度家に入った。待っていてくれと言われて、そのまま消えるのもどうだろう。しかし、改まって親が出て来て礼を言われるのも気詰まりだ。このまま車に戻るのがいいのではないか。

迷いながらふと足下を見た。木の皮から更に硬い外皮を剝《は》がした、竹皮に似たものがいくつか八の字に折りたたまれ結ばれている。

硬い皮を一枚手に取ってみた。予想より少し重たい。持ち上げた視線の先に、大きな樽に浸けられた木皮があった。なるほど、水に浸けてふやけた状態にしてから皮を剝ぐのか。つま先を車に向けかけたところで、Tシャツを替えた少年が家から出て来た。少し遅れて姉もやって来る。親が出て来る様子がないのがありがたい。

姉が「これ、お礼です」と言って、手のひらにのるくらいのラップフィルムに包んだ焼き菓子を差し出した。

「このあたりに伝わる、マンロークッキーです。母がときどき焼くんです。いま、田植えの準備で家を留守にしていて。すみません」

礼を言って受け取ったあと、何を作っているのか訊ねてみた。

「オヒョウという木の皮なんですが、これを薄く削いで、煮たあと洗って繊維にします」

木の皮を煮込んで、更に薄くしてから細く縒《よ》って糸にするという。その長い工程を聞いているだけで目眩《めまい》がしそうだ。

「その糸で、アットゥシという着物を作ります」

「どのくらい、時間がかかるんですか」

「年単位の仕事です」と返され、うまい言葉が思い浮かばず小刻みに頷いた。

ふと見せた表情が幼く感じられ、「失礼だが」と敢えて学年を訊ねてみた。

「高校一年です」

「学校を休んで、木の繊維を作るんですか」

義務教育ならまだしも、卒業に必要な単位のある高校でそんなことをしていたら。わずかな不安を気取られぬよう、学校名を訊ねて更に驚くことになった。彼女が通うのは道内でも一、二を争う進学校だった。

「今日はたまたま、母の手伝いでこれを。明日から田植えが始まるので、こっちに帰ってきてます。田植えが終わったら、月曜日には札幌に戻ります」

これは現代の話なのかと首を傾げるほど、少女の瞳は真っ直ぐだった。出会ったころの楓子を思い出し、すぐにも車に戻るはずのつま先がぐずぐずと足踏みをする。

「道路の向こう、大きなダムですね。初めて見ました。近くにどこか全景を眺められる場所はあるんでしょうか」

少女は少し、困った顔をした。太い眉が寄って、視線が穣司の肩から向こうへと移る。ああ、と失態に気づいた。道路を挟んだ場所に出来たばかりのダムは、民族の儀式を行う場所を水没させたのだ。

「俺が案内するよ」

姉の横から、弟がすっと顔を出した。

「ミワは、オヒョウやってなよ。俺がおじさんをツネまで連れて行く」

顔の傷は水で洗い流したのか、滲んだ血が乾き始めていた。面倒をかけるつもりはないのだと言いかけたところで、ミワと呼ばれた少女が穣司に向き直った。

「歩くと、少しあります。車に乗せてもらっていいですか」

成り行きに流され通しで、もうここまで来たらいいかという気分になってきた。穣司は女子高生と小学生の少年を後部座席に乗せて、ダムを見下ろす場所へ行くことになった。

「名前を訊いてもいいだろうか」

少年は「赤城徳志《とくし》」と名乗った。

「俺はトクシ、ねえちゃんはミワ」

赤城、という名字に聞き覚えがある。ダム建設で長く裁判を闘っていた人物も、同じ名字ではなかったか。

穣司は軽々しくダムの全景を見たいなどと言ったことを後悔した。最初こそ林道だったが、アールのきつい坂道をハンドルを右に左にめいっぱい切りながら上ってゆくと、墓場が見えた。

「ここで停めて」とミワが言った。坂の途中で、車を停めた。後部座席に顔を向け、まだ行くのかと問うた。

「もう少しです」

彼女は墓の少し手前にある細い林道入口に渡した鎖を外し、車に戻って来た。

「ここを、抜けて行ってください」

言われたとおり右に折れたが、十メートルも進んだところで道がなくなった。山の中腹と思われる場所は、ぽっかりと開いた草原で、道もなければ木もなかった。

「まだ、行くのかな」心なしか不安になり訊ねる。ふたりは声を揃えて「もう少し」と言った。日頃から山に入り慣れている人間の距離感と、街場でしか暮らして来なかった人間のそれは大きくずれているのだと思い知らされる。もう少し、の度合いがわからない。

山奥の草原を端までまっすぐ行くと、再び木々が茂る場所へと入った。ミワが指示するとおり進めば、木と木のあいだに車一台が通れるくらいの、道とも呼べない道がある。サスペンションがおかしくなりそうな上り道を往く際、引き返す術のない不安に包まれた。ここまで来るあいだ、太い草や道の両脇から伸びる小枝が車の腹を擦り続けた。タイヤ周りやボディには無数の傷が付いていることだろう。

「もう少しです」

まるでこちらの心を見透かすように、ミワが言った。

木の根にタイヤを取られないようハンドルに集中しているうち、ぱっと視界が開けた。二度目の草原だった。先ほどよりも傾斜がきつい。重力の方向さえ疑うような右下がりの草原に、山の麓《ふもと》とは少し印象の違う陽光が降り注いでいる。

車から出てゆくふたりを追うように、穣司も運転席を出た。百メートル、あるいはそれ以上の直径を持つ山肌に広がる野原には、ところどころに花が咲いている。この世の景色ではないと言われたら、うっかり信じてしまいそうだ。

腰まである草をかき分け、十メートルほど向こうで姉弟が歩みを止めてこちらを向いた。

「ここから、見えます」

やっと、何のためにやって来たのかを思い出した。

ふたりの居るところまで歩き、ミワが指さす谷側を見た。はるか下界に緑色の水をたたえた人工湖と、その水をせき止める長い長い橋、下流側にコンクリートの肌が見えた。

「水深四十五メートルのダムって、どう思います？」

少ない知識で「少し、浅いね」と答えた。安定した工業用水の確保が目的で作られた巨大ダムにしては、お粗末な水量に思えた。

「わたしは父とはあまり仲がいいとは言えません。裁判に費やす時間があったらもっと弟のことをわかってほしい。あのダムを見るたびに、民族ってなんだろうって思うんです」

「どういうことかな」

「徳志のような子が闘わずに生きてゆけるための闘いだったんじゃないのかって」

この聡明な少女の横顔に、楓子の面影を見られたことが今日の収穫だったのだ。穣司は自然と調和したとは言いがたい建造物を見下ろし「そうだね」と応えた。

下界というに相応《ふさわ》しい印象のダムから、草原に視線を戻した。車のそばに、幹が太く背の低い木を見つけた。枝の先に人の手のひらほどもある大きな花のつぼみを抱えている。

「あれは、なんの花だろう」

ミワが不思議そうな顔をして「木蓮《もくれん》です」と言った。首を傾げるのが不思議で、なにかおかしなことを言ったろうかと訊ねてみる。

「いや、見えるんだなと思って」

言葉を失うというのは、こういうときなのだろう。木蓮の木と赤城ミワ——穣司は何度も視線を往復させながら、少女の言葉の意味を探った。実際に目の前にあるものが「見える」のは当然だろうという気持ちと、見えない者もいるのかという問いが胸の奥でらせんを描き、上へ行ったり下に降りたりする。

ミワが谷を背にして、傾斜の上に体を向けた。彼女が指さしたのは、丘が途切れるところ、空との境目だった。

「あれが、ツネです」

彼らが言うツネというのは、尾根のことだった。はるか上、見上げるほどに傾斜がきつい。車では到底上れない角度だろう。

「ツネの向こうを、一度だけ見たことがあります」

この場所に慣れたふうの彼女が一度だけ、というのが不思議で風に紛れそうになるその声を聞く。

「この子より少しちいさい頃でしたけど。秋に薪《まき》を集めに来ていたとき、何があるんだろうと思って上ってみたんです」

幼いミワが、両親が目を離した隙《すき》に立った尾根の上。向こうには、自分たちの住む集落によく似た里があったという。

「ぽかぽかと暖かそうな景色で、田んぼの水がきれいで」

下りてみたいと思ったところで、母親がもう帰るよと彼女を呼んだ。

「急いで戻ってきたんですけど、いつか行ってみたいと思ってたんです」

しかし、本来そこに集落などはなかった。

「父にその里の話をしたら、このあたりの地図を広げて、そんな村はないって」

神隠し、という言葉が浮かんだ。そこで「帰る」と呼ぶ母の声がなければ、好奇心に駆られてツネを下りていたろうと彼女は言った。

「よく考えてみれば、薪を集めに来るのは秋なのに、田んぼの水がきれいなことがおかしいんです。田植えはこの時期なんだから。たぶん、この世の景色じゃなかったんでしょう」

ではいったい何だったのか。穣司はそんな話をぽつぽつと平淡に語る少女の言葉が嘘だとも思えず、黙った。

彼女の視線が木蓮の木に戻った。大きな花が今日か明日か、機を見て開かんとしている様子は圧巻だ。

再び木蓮に目を向ける穣司を見て、ミワがうっすらとした笑みを浮かべた。高校一年という少女の笑みにしては、おかしな艶があった。目を逸《そ》らすと、さっときびすを返し車に向かって歩き出す。来るときも戻るときも、穣司がふたりを追う格好になった。

帰りの道は、往路がいったい何だったのだろうと思うくらいにあっさりとアスファルトに出た。ふたりを車から降ろす際、ミワが言った。

「学校の問題を扱ってるのでしたら、少しいじめの問題も取り上げてくれませんか」

穣司の会社は教育業界向けの記事を書くのであって、社会問題は報道を主とする新聞社の仕事であると、ここで説明するのも野暮だった。

「できるだけ、やってみます」

大人の嘘を瞬時に見破る瞳にぞっとする。

「木蓮を、見たんですよね」

更に恐怖が増してゆく。

「弟をいじめているのは、シサムとアイヌの両方です。同じ血が流れていたって仲良くなんかできないって、当たり前のことでしょ」

民族がどうのという問題ではないのだと、少女は言っている。民族問題にして蓋をしようとしているのは誰なのかを、問われているのだった。

「校長に連絡を取る機会があるので、そのときに」

「お願いします」

赤城ミワは頭を下げたあと、ドアを閉めた。

校長の記事は無難に仕上がった。掲載紙への感想という電話をもらった際、いじめの問題を口にしかかったところで上手くかわされた。結果的に穣司は少女に嘘をついた。


六月の終わり、三日間降り続いた雨がようやく止んだ。テレビでは河川の増水に気をつけるようにという気象情報が繰り返し流れ、濁流が画面に大写しになる。

窓に打ちつける雨音が消えた肌寒い朝、楓子が家を出た。目立った荷物を持っている様子はなかった。絵筆を置いて、夜明けにふらりと外に出たまま朝食時間になっても戻らなかったのだ。

穣司は昼を待たずに捜索願を出した。普段の様子や心に巣くった病《やまい》のことなど、言葉に出して初めてあぶり出された歪んだ生活を、楓子が戻ったときに笑って話そうと決めたのだったが。

見つかりました、という連絡が入ったのはアスファルトが乾いた夕刻のこと。河川敷に倒れている人がいるという通報があり、性別年齢その他を照らして連絡をしているとのことだった。赤いブラウスにジーンズ姿だと聞いて、つよく目を瞑った。

病院に運ばれたときには、微かにあったという息も、穣司が駆けつけたときにはもうなかった。

楓子に違いはないのだが、こんな最期はなにか間違っている。その名を呼ぶことも出来ずに、横たわる妻を見た。眠っていると言われたらそのような気もする。微笑んでいるようには見えない、と思ったあと、ドラマじゃあるまいしとその想像に腹を立てた。

「お気の毒でした。河川の増水で、川縁《かわべり》の土が弛《ゆる》んでいたようなんです。落ちたと思われる場所にサンダルが引っかかっていました」

思わず「事故ですか」と問うた。「事件性は――」と捜査官が言葉を濁す。

滑り落ちた先で頭部を強く打っていたといい、頭はガーゼとネットで覆われている。

妻の死因を「自死」にするか「事故」にするかを暗に問われているのだった。穣司は「事故」を選んだ。しかし書類にいくつか署名をして、遺体の検案書が出るまでのあいだ、自分が何をしていたのかが記憶から滑り落ちていた。

このまま届けを出して火葬場に連れてゆくのはしのびない。かといってすぐに葬儀のことを考える気にもなれなかった。思考が行ったり来たりを繰り返し、朝の部屋や、楓子のいない空間に戻ってゆく。穣司は、自分に何が出来て何が出来なかったのかを考えたが、答えらしいものはなにも得られなかった。

駆けつけてくれた職場の同期にぽつぽつと状況を話し、今日一日を整理する。同僚はひどく長い沈黙のあと、とにかく一度家に連れて戻ろうと提案した。

葬儀については会社の方で考えるから心配するなと言われれば、頭を下げるしかない。

「ほかの親族に、連絡はしたのか」

「いないんだ、もう誰も」

「お前の方は？」

「結婚に反対されてから、会ってない」

「そうか、じゃあ今夜は奥さんについていてやれ」

措置の終わった楓子はもう、板のように硬かった。男手ふたりでようやく部屋に運び込んだのは、もう夜も遅くなってからのことだった。

ベッドの上に寝かせた楓子は、布でも紙でもないガウンと毛布にくるまれている。

同期と穣司、ふたりとも会社にとっては使い勝手のいい「文句を言わない社員」だった。

葬儀屋には明日の朝来てもらうようにするから、と彼が言った。

穣司の生活がどんな風だったかにうっすらとでも気づいているような口ぶりだ。礼を言わねばならぬと思っているのだが、そのひとことが出て来ない。

「じゃあ、明日の朝また来るから」

短く礼を言えばその言葉の背を、うとましさが追いかけてゆく。なにもかもがずれていた。

同僚が去ってしばらくのあいだ、ベッドに横たわる楓子を見ていた。見ていれば、動き出しそうな気がする。いや、と打ち消す。動くわけがない。

「似合わないもの、着てるなあ」

ひとつ声をかけ「ああ」と頷いた。楓子も、こんな紙のようなガウンを着た姿を、誰にも見られたくはないだろう。

クローゼットのドアを開け、棚の上にあった横長の衣装箱を下ろした。蓋を開けると、紫の紅型《びんがた》染めの衣装が姿を現した。

広げた衣装から、久米島のにおいがする。記憶がたどり着くのはそこまでで、何のにおいなのかがわからない。花なのか、潮なのか、それとも楓子から漂い続けた、甘い果実のにおいなのか。なにもかも、確かめることを怠《おこた》った罰に思えた。

衣装の襟を握って、ベッドにいる楓子の肩口に顔を寄せてみた。消毒薬のにおいしかしなくなった妻とはもう二度と会話が出来ない。

楓子の横に衣装を広げた。少しずつずらしながら、その体を真ん中に置く。衣装の内側はすべてが赤く、青白い肌の女をのせると、まるで血の海に浮かんでいるようだった。紙のガウンの前を開き、胸に載せた腕の部分を裂くとき、はっとして手を止めた。やけにぶ厚い下着を着けていると思えば、紙おむつだ。体を動かせば、体内から水分が漏れ出てくるということは知識として知っている。紙おむつをあてられている楓子の体にはもう、どこにも力が入らない。

衣装の前を合わせて、襟元を整えた。

何を思えばいいのかわからず、穣司は楓子の横に体を置いた。妻に求められることのなくなった体は半分壊れたおもちゃのようで、ひと呼吸するごとに関節から力が失われてゆく。

心を病んだ妻の欲望に、いったいどんな意味があったのかを考えた。三度目の流産で自分が口にした言葉がどれだけ彼女を傷つけたのかを思うとき、みぞおちのあたりに針を刺されるような痛みが走る。

――期待してなかったし、さ。気にしなくていいよ。ふたりでやっていけばいいじゃない。そういう人生もあるよ。子供のいない夫婦なんて、世の中いっぱいいるだろう。

世の中にいっぱいいる中のひと組の夫婦、ではないのだった。自分たちの問題として、妻と同じ重量で受け止めるだけの意気地がなかった。

——そうやって、他人事みたいに慰めていれば、時間だけは過ぎて行くもんね。

ある日ひどく穏やかな口調で言い返されて、ぐうの音も出なかった。穣司は妻が壊れ始めたことにも蓋をし続けた。

季節をひとつ過ぎれば、美味しいものを食べれば、旅のひとつもすれば——許され、忘れてもらえるくらいの失態だと思い込んでいた。

いかなるいいわけを並べたところで、愚かだった。

天井で煌々《こうこう》と点《とも》るシーリングライトの明るさを、リモコンで最低までしぼる。息をしない妻にぽつりぽつりと話しかけているのがおかしい。そんなこと、ここ数年したこともなかった。

「増水した川まで、いったい何を見に行ったんだよ。どうして俺を誘わなかった」

——誘ったって、ついて来ないでしょう。

「けど、黙ってひとりで行くのはないよ。この状況、どうするつもりなんだよ」

——あなたが、どうにかして。ひとりで考えてよ。

「それって、なんの罰ゲームなんだ？」

——知らない。

「俺が、悪かった」

楓子は応えなかった。

重ねた襟の隙間に右手を這わせた。冷たい皮膚は人間のものとは思えない。首の下に左腕を差し込むと、そのまま頭が浮いた。ころりと腕から胸へと転がってくることもなければ、頭の重みを穣司に預けることもない。

生きた女にするように、硬い乳房を確かめ、脇腹を撫で、紙おむつの中へと手を入れる。脚を弛めてくれない不親切。楓子、と声に出さず指先で問うた。

微かに、応えてくれている気がして、いつもよりずっと優しく内側の壁をなぞる。精いっぱいの慈《いつく》しみを込めて、楓子とふたり最後の快楽へと体を進めた。果てた瞬間から、穣司の内側に咲いていたサガリバナが地面を求めて落下し始めた。

紙おむつを元に戻した。

忌引《きび》きが終わる前に出社した穣司を、職場は静かに迎え入れ、日常業務が戻ってきた。気を遣わせているのは百も承知で以前よりずっと明るく話し、取材に出かけてゆく。取材先の教育関係者も、その素振りでお悔やみの言葉を用意しているのが分かるのだが、言う隙を与えないほどに、穣司は意欲的に仕事を進めた。

気温が上がり続け、昼のニュースで今年いちばんという暑さを伝えてくる。札幌近郊では街をあげての花フェスティバルが始まった。皇族のひとりが植樹にやってきて、ワンピース姿でスコップを持つ映像が繰り返し流れている。

社屋に戻った夕方、葬儀の一切を取り仕切ってくれた同期が机の横にやってきた。

「終わったらビル地下で、一杯やって行かないか」

言いながら、昼間かかってきたという電話のメモを差し出す。

「わかった、たまにはいいな」

何をしていても、胸の奥で花が落下を続けている。メモを見た。

『お訊ねしたいことがあります。連絡ください。赤城』

赤城という名前と、ダムの景色が重なるのに数秒かかった。時計を見ると午後五時に近い。連絡先として記されている電話番号は、札幌市内のもののようだ。

お訊ねしたいこと、に弟の相談を想像して多少の気まずさを覚えたが、名刺を頼りに連絡してくれたことは確かだ。

かけた番号の先は、下宿だった。赤城ミワの名前を出すとあっさりと彼女に繋がった。

「お忙しいところ、すみません」

女子高生の無防備さなど少しも感じさせない声だ。話というのはやはり弟のことで、あれから暴力が更にひどくなったと聞けば、何も手を打つことをしなかった時間を責められているような気がする。いや、とかぶりを振った。気がするのではなく、彼女は本当に穣司を責めているのだった。

赤城ミワはひとことで、こちらの心具合を問うてきた。

「校長先生に言ってくださるだけで、ずいぶん違うと思うんです」

「出来ることを、したいと思っているんだけれど、正直――」

いろいろあって、という言葉を遮り、赤城ミワが「わかりました、お時間ありがとうございました」と電話を切った。

一方的に切られた受話器をフックに戻す。ひどい大人だとなじられるだろうか。気がかりがひとつ消えたのだと思うことにした。赤城ミワや弟との縁は、今日でひとつ決着を見た。彼らはもう穣司を頼ったりはしない。

その日、落下の速度が少し速くなったような気はしたが、疲れのせいにした。

ベッドに横になれば、毎日隣に楓子の気配を感じた。配偶者を亡くした後というのはこういうものかと思うだけで、それ以上には心が動かない。

不満は、その楓子が一度も穣司を求めないことだった。気配しかないので、こちらからは動きようがないのだ。

「イーゼルは片付けてない。いつでも好きなときに描いていいよ」

——ありがとう。

「いるんだろう、横に」

——見ようと思えば、見えるかもよ。

「意地の悪いやつだな」

——でも、もう骨なの。悪いわね。

「今日、弟思いの姉を幻滅させた。こんなことばっかりだ」

——彼女の弟は、わたしたちの二番目の子と同じ年よ。

ああそれで、と腑に落ちた。嫌な落とし方と気づきながら、楓子の言葉にほっとしている。眠っているのかそうではないのか。ひと晩中、そんなやりとりをしては朝を迎え、仕事に出かける日々が続いた。

同期や上司に毎日代わる代わる晩飯に誘われるのも億劫《おっくう》になってきた。

週末、穣司はふらりとダムの町に車を走らせた。

五月にやってきたときにはなかった景色が広がっている。田には稲が育ち、沿道には家々の花が道にこぼれそうになっていた。確実に時間が経っている。

弟思いの姉は、この週末も実家に戻ってきているのだろうか。もしも会えたら、謝らなくては。穣司の思いはあちこちに散らばるばかりで、束ねようにも上手くいかない。

率先していじめ問題を取り上げるわけにもゆかぬ、ちいさな通信社で意気地のない記者を続けている、といういいわけめいたことを考えては振りほどく。どんなに言葉を弄したところで、あの少女は見破ってしまうのだろう。次々と現れては流れてゆく沿道の花が鬱《うっ》陶《とう》しい。

ダムが見えてきた。ダッシュボードの時計を見る。午後二時、昼時は過ぎている。何を詫びるというのでもなかった。あのつよい目をした少女に頼りない大人だと思われたままが切ないのだ。

赤城家の建物の前に車を停めた。名刺入れがポケットに入っているのを確かめて、インターホンのボタンを押す。二度、押した。中からは何の反応もない。

留守か——

そのまま町を後にすればいいものを、戻る道で呼ばれるようにすっと左に折れた。花を見るのは億劫なのに、なぜかひとつだけ見たい花があった。あの日赤城ミワが「見えるのか」と言った木蓮だ。言葉の意味を考えると、胸の内側のざわつきが止まらない。

私有地、地主がいる山、という罪悪感は車のボンネットを覆いそうなくらい伸びた夏草にかき消えてゆく。

獰猛《どうもう》に伸びた草に車の腹を擦らせながら、急なS字の坂を上ってゆく。右へ、左へ、今日は後部座席にも助手席にも、誰もいない。いたずらをたくらむ子供のような気持ちで、アクセルを踏んだ。

林道の木に渡した鎖を解いて、草原に出た。人の背丈ほどに伸びた草をなぎ倒せば、怒りかたしなめか、草がこぞってフロントガラスやサイドガラス、ボディを叩いた。

林道、そして視界に広がる斜めの草原。

車から降りると、あの日静かだった草原にはオレンジ色のカンゾウが咲き乱れている。空は変わらず青いのに、薄い膜がかかったように見えた。

右肩下がりの急斜面に立ち、ゆっくりと後ろを振り向き見た。

木蓮の木があった。天を指していたつぼみの先が、ゆるんでほどけて、五分咲きだ。草を分けながら、木蓮の花をひとつ手折《たお》った。女のにおいがする。しばらく鼻に寄せていると、肩先に楓子の気配がした。

気配が穣司の横を過ぎ、カンゾウの花をかき分け斜面を上ってゆく。後を追った。風もないのに、ひと筋の道が出来る。懸命に追い続けると、もう少しで頂上というところまで来た。

穣司は少し迷い、振り向いた。はるか斜面の下に、オレンジ色の花に埋もれた車のボンネットがある。

気づくと、笑っていた。

楓子、来たぞ。ここまで来たぞ。

一歩一歩、草を摑み尾根に近づいてゆく。何があるのか、何に呼ばれているのか。坂道に慣れぬ膝がぐらついていた。もう少し——

頂《いただき》にある平地の幅は二、三メートルというところだろうか。穣司は幅の狭い尾根の上に立ち、向こう側の景色を見下ろした。

ああ、これか——

こんもりとした木々の向こうに、背後とはまったく違う里の景色が広がっていた。川と田んぼと背の低い家々。草や木々で作られているのか、ぽつぽつとちいさな住まいが川縁に散っている。いくつか、真っ直ぐに煙を上らせている場所があった。

気づくと楓子の気配はどこにもない。辺りを見回したが、生きものの気配も死者のにおいもしなかった。

一歩、里に向かって降りてみる。

つま先に勢いがついて、止まらなくなる。

赤城ミワの言葉が耳の奥でよみがえる。穣司は里の存在を疑わなかった。楓子が招いた場所である。もう、夜ごと繰り返される意味のない会話から解放されるのだ。

三分も下りぬうちに、深々とした松の森に迷い込んだ。木の根に足を取られぬように歩く。シャツの胸ポケットから、木蓮の花を取り出した。

これが、尾根の向こうへ行けるチケットだったのか——

鼻先に寄せれば、楓子のにおいがする。穣司は気が遠くなるほど妻の香りを吸い込んだあと、里を目指して歩き始めた。

無事に、行きなさい

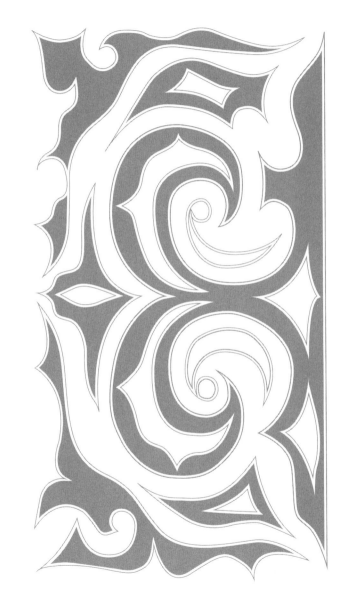

体を繋げ合っていても、すっと離れてゆくのがわかる。

赤城ミワと初めて肌を重ねてから二年が経った。行為の終わり、倫彦《みちひこ》よりも先に現実に戻る瞬間が、繋いだ体から伝わってくる。

最初はただの気のせいと思っていたが、二年経っても感覚は変わらなかった。肌も馴染んでいるし、いいかげん慣れてもいいはずだったが。

体を離した。ミワはうつぶせでまどろんでいる。布団からはみ出た肩に、刺繍のように繊細に描き込まれたアイヌ紋様が美しく並んでいる。

男が先にシャワーを浴びに起き上がることについて、ミワはなんとも思っていないようだった。

リンさん——ミワの呼び止める声に振り向く。

「内装の件だけど、図面はいつ取りに行けばいいかな」

「次に会えるときに持ってくるよ。オーナーもミワが引き受けてくれること、とても喜んでた」

ふっとミワの気配が変わった。

「そういうの駄目だって。請け負ったからには、仕事は仕事として筋を通します。ちゃんと、プライベートじゃない時間に打ち合わせをさせて」

「わかった、じゃあ水曜日に。定休日だけど店で仕込みをやってるから」

ミワがひらひらと手を振りながら「了解」と大きな瞳を光らせた。

この気怠《けだる》さのなかで仕事の話をするのはどうなのか。ミワにとってはなんの矛盾もないのだろうと思いながら、心に納めた。

おかしなプライドだということもわかっている。十歳年下の女が四十を超えた倫彦より先に、性愛の時間から離れてゆくのが悔しいだけなのだ。

半年前にミワが手に入れたマンションは、札幌の大通の外れにある。夜でもカーテンを開け放しておけるくらいの階層だ。ほとんどカーテンを閉めたことがないという彼女の部屋から見えるのは、雪景色に光の塵《ちり》をまぶした札幌の夜景だった。

暖房が効いた部屋はどこへ行っても同じ室温だった。火気厳禁の安全快適な部屋を手に入れておきながら、火のない暮らしは落ち着かないと笑う。八十平米のマンションに住まうアイヌ紋様デザイナーは、ここを「ポン・チセ」――ちいさな家と呼んだ。

倫彦がシェフを務めるビストロ「ＲＩＮ」の建物が大雪で倒壊してから一年が経った。札幌に隣接する街の駅前で古い建物を借り、改装して営業していた。倒壊は独立して五年目のことだった。築五十年の建物だったができるだけ長くと思って開業した。まさか改装費の借金が残ったまま店を失うとは思わなかった。

倒壊した建物を撤去した建築会社の社長が新店のオーナーを申し出てくれたお陰で、しばらくは近くの仮店舗での営業ということに落ち着いている。オーナーの援助と地元の応援もあって客足がひどく落ちることはなかった。

ゴールデンウィークを目標に、オーナーの社屋竣工と同時に一階にビストロ「ＲＩＮ」がリニューアルオープンする。建物の外観はもう出来上がっていた。現場はシェフの倫彦に与えられた店舗部分の内装を施す段階に入っている。

ミワとは「ＲＩＮ」の客として出会った。付き合い始めるまでにそう時間がかからなかったのは、彼女の持つ奔放さと繊細さに、年の離れた倫彦が引き寄せられた結果だ。

シャワーの雫《しずく》を大判のタオルで拭い、ヘアドライヤーで髪を乾かす。鏡に映っているのは、金色に脱色した顎《あご》までの髪を風にまかせている中年男だ。十歳下とはいえ、大人の女と恋仲である。

冴えないな——

搔き上げては振り下ろし、たちまち乾燥してゆく前髪が、顔にはりついて鬱陶しい。体の怠さとは別のところで、言葉にならぬなにかに苛立っているのがわかる。八つ当たりか、と戒めながらリビングに戻った。バスルームに向かうミワがすれ違いざま、テレビを指さし言った。

「このあいだロシアに落ちたの、やっぱり隕石《いんせき》だって」

数日前から、カザフスタンからロシア側に向かって落下する火球の映像が繰り返し放映されていた。仕事を終え帰宅して点けたテレビや携帯のニュース画面でも、白い尾を引きまばゆく落下してゆく光は、記憶に新しい。

直径六メートルのクレーターには衝撃の痕《あと》が残るのみ。石そのものは砕け散って周囲に飛散したという。割れたガラスで千人を超える重軽傷の怪我人が出たというから、その衝撃波は相当だったろう。

ミワが用意してくれたスエットに袖を通しながら、窓の外を見た。大きな雪の粒が舞っている。上から降っているはずなのに地表から吹き上がっているように見える。

このぶんだと明日には四十センチを超えそうだ。去年の、嫌な記憶が蘇ってくる。テレビのチャンネルを天気予報に変えた。

石狩・空知《そらち》・後志《しりべし》地方では、夕刻から降り始めた雪が明日も一日続き、予想される積雪は多いところで五十センチとなる見込み——

倫彦はスエットを脱いで、ベッドルームに放ったシャツとセーター、パンツを着込んだ。濡れた髪を高々と丸めたタオルに包み、ミワがバスルームから戻ってきた。冷蔵庫のドアに手を伸ばし、なにを飲むかと訊ねる。直後、倫彦を二度見した。

「着替えたんだ」

「うん、今日は家に戻る。雪、ひどくなりそうだし。JRが止まる前に戻っておかないと、明日の除雪もあるし」

ミワが窓辺にやってきて「ほんとだ」とつぶやいた。

「夜のうちに一回除雪しておけば、朝が楽だから」

「一軒家って、雪の時期は面倒だよね」

曖昧《あいまい》に返事をして、腕時計を見る。地下鉄で札幌駅まで戻るとして、最終電車には間に合いそうだ。倫彦所有の一軒家は、さっさとシニアマンションに引っ越した親からの生前贈与だ。老親がその蓄えで老後を充実させようと生活のかたちを変えたことで、倫彦の進路が独立へと動いたのだった。

なのでこれから先の負債は、倫彦の不手際だ。

こんなとき拗《す》ねて見せないのもミワの好《よ》いところだった。男に精神的な負担を与えないという点では、ミワの右に出る女には出会ったことがない。

マンションを出て地下鉄駅へ降りるまでの三分で全身に雪を被《かぶ》り、倫彦の手足はみごとに冷えた。背中が冷える前に車両に乗り込めたのは幸いだ。ぬくぬくと暖房のきいた車両に揺られていると、睡魔が襲ってくる。大通駅で乗り換えて、札幌駅からはJRを使った。

泊まるつもりで札幌に出たのだが、雪のせいで帰る羽目になった。

明日のディナーの仕込み時間までに戻れればいいところを、そんな理由をつけて早めた。直接の罪悪感は、ない。ミワが倫彦を責めない限り、罪悪感は生まれない。

二十五分間車両に揺られ、最寄り駅に着いた。案の定、札幌の街中よりもはるかに雪が積もっていた。駅から出てタクシー乗り場に向かう間にパンツの裾《すそ》が濡れて重たくなる。玄関の前に立てかけた除雪スコップで、新聞配達が困らぬくらいの道をつけておいた。残りは明日だ。

日付が変わってから戻った家は、すっかり冷え切っていた。二階建ての家の、今は一階部分しか使っていない。使う場所のみストーブで暖める。

ミワはいまさら、こんな家で暮らす気にはならないだろうな。

倫彦の胸に諦めともいいわけともつかない思いが降り注いだ。どう心を振っても、この家でふたりで暮らすという想像ができない。

はっきりとプロポーズをしたこともなかったが、そうなるのだろうと暗黙のうちに了解しているふうでもある。たとえ結婚するつもりであっても、自身の仕事に便利な場所にマンションを構えるのが赤城ミワという女なのだ。

誰に属するつもりもなく、誰かが属することを望まず、それぞれの道を大切に歩む。倫彦に与えられた自由に、降り積もる雪の明かりが影をつけた。


水曜日、ミワが赤いフィットで「ＲＩＮ」にやってきた。

一昼夜降り続いた雪は街の景色をがらりと変えて、片側二車線が一車線に、道の両側にはバス停の看板を軽く超える雪の壁ができた。

「すごいね、途中からずっと圧雪アイスバーン。二十キロも離れてないのに、こんなに雪の量が違うんだ」

「石狩川を挟んで、毎年どちらかが必ず雪にやられる。交互にいかないところで、丁半博《ちょうはんばく》打《ち》みたいなもんだな」

ピクルス用の人参を刻み終えて、ガラス容器に漬けた。丁半博打、の言葉にミワが笑った。へぇ、そういう言葉も遣うんだ――ふと、この寛容さに抗《あらが》ってみてもいいような気がしてくる。

「客待ちの商売自体が博打みたいなもんだ。名前で客が来るデザイナーとは違うさ」

「名前で客を呼んでるってのは、心外。腕が勝負なのはお互い同じ」

ああ、とおかしな具合に頬が持ち上がった。倫彦の想像どおりの言葉が返ってきた。

「店の図面、渡しておく。内装は自由にやってくれって」

オーナーは倫彦の腕を買って、駅前のビストロを街の名物にしようと言ってくれている。その話はミワを喜ばせただけではなく倫彦を救った。

「思ったよりも広いし、ライト次第でずいぶん表情が違ってきそう。まずは、シェフの希望をある程度聞きながら、いくつかラフを作るね」

はたと立ち止まった。

「希望っていうか、俺は厨房が動きやすいのと、設備さえ整っていればいい。店はミワのデザインが映えるように作ってほしい」

ミワが設計図を指さし言った。

「これからすると、厨房の什器《じゅうき》や熱源の位置ってのはだいたい決まってきそうなの。わたしの出番は、リンさんが厨房の大きさを決めてから。カウンターでの仕切る位置がはっきりしたら、動きやすいんだけど。どうかな」

厨房に使えるスペースははっきり線引きできる。ひとり客も来る店だし、カウンターは大切にしたい。ミワに言われてやっと新装開店が現実として迫ってきた。

「リンさん、最近心ここにあらず、って感じ。開店が決まって、なにか不安でもあるのかなって思ってたの。調子、悪い？」

その問いは少し残酷で、いますぐ答えられたなら相当滑稽だ。首を横に振った。

「雪の季節って、いつもこんな感じじゃないかな。朝起きると、積もった雪にうんざりするだろう」

「わたしは子供のときからずっと雪の中転がって育ってきたから、あまり」

ミワはよく自身のことを「野生児」という。夏にドライブで連れて行ってもらった故郷は、そこに大きなダムがなければ時代がわからぬくらい長閑な景色だった。

倫彦は出会ったころに聞いた話を思い出した。

――不意に、目の前にいる人の気持ちがこっちに落ちてくることがあるの。

聞こえるはずのない声が聞こえてくると言われれば薄気味悪くなるものだろうが、あの日は違った。

――だから、リンさんがわたしのことを気に入ってるって、いまわかったの。

うまいこと彼女の若さに取り込まれたかと、さして気にもせず来たのだったが。

いま倫彦が恐れるのはミワでもミワの勘でもなく、胸に浮かびくる思いに自身が溺れてしまうことだった。雪の白さがスクリーンになって、倫彦の移り気を映しては責めている。

「ちょっと見ではアイヌ紋様だと気づかれないくらいのレリーフを、壁に並べるのはどうかな」

「気づかれないようにする意味はあるの」

ミワは視線をいちど斜めに上げて、再び倫彦の眉間に合わせた。

「本能的に、好きではない人もいるの。ブランドとして立ち上げてからは表だって言葉にされたことはないけれど。ちいさいときからそういう場面を何度か見てきて思っただけ」

「ミワはそれでいいのか」

「デザイナーの自己主張より、環境に合わせた空間を作ることが先決でしょう」

赤城ミワが内装デザインした店舗をいくつか知っている。いずれも、北海道を前面に出している飲食店や、温泉ホテルだった。

彼女の名を知らしめることになったのは、五年前の北海道サミットにおける各国首脳への土産品だ。独自の色彩とアイヌ紋様を融合させ、日本伝統の風呂敷を作った。それが道内外で注目され、若き彼女がアイヌ民族であることも含めて、新聞雑誌各紙誌で話題になった。

木彫りの熊とアイヌ装束しか知らなかった人間に、紋様デザインの独自ブランドを立ち上げて見せた功績は大きい。後追いで数人のクリエイターが出たものの、ミワの活動に太刀打ちできる者はまだ現れていない。

「忙しいのに、悪いな」

ミワの瞳が一瞬光ったように見えた。

「ここだね」

ミワが最も広い壁の位置に、赤い爪を合わせて言った。

「ここは、白い壁にレンガ大のレリーフで二本の線を作って、このお店で出会う人たち、関係を深める人と人、店と人を表現しましょう。それ以外はシンプルに」

いいね、と応えたものの、実際のところ倫彦の想像は一枚の皿でしか換算できなかった。皿は大きくても小さくても、食材でいかようにもデザインできる。店を持てるまでになったことについては、多少のセンスはあったのだろう。しかし、それとて一生背負うほどのものではなかった。

彼女の背中にある民族の誇りたる紋様を見たとき、心の底から美しいと思った。こんな美しい紋様を背負って生きてきた女が自分の腕の中に在ることに、ある種の感動を覚えたのではなかったか。

赤城ミワの背中には、過去から未来へと繋がる美しい誇りが描かれている。

初めて背中を見せたとき、ミワは「嫌なら言って」とことわりを入れた。

嫌なら、逃げてもいいと言われて逃げられるものでもない。その血にひれ伏すことしかできない男に、赤城ミワを抱く資格はないのだ。

「最高の——いままでで一番の壁にするから。楽しみにしてて」

倫彦の内側で、何かが乾いた音をたてた。咄嗟にロシアに落ちたという隕石を思い浮かべた。大気圏に突入したあとは熱と衝撃で砕けながら落下し続けるという、あの石だ。

いつだ——

自身の胸に問うた。俺が赤城ミワの内側で砕けるのは、いったいいつだ。

今日のミワはよく喋った。彼女の頭の中にはもう、おおよそのデザインが出来上がっているようだった。

「四月末の開店だったたね」

「うん、大型連休初日だ」

「間に合うよう、がんばるね」

倫彦が容器に詰めたローストビーフとピクルスを持って、ミワが店を出てゆく。日暮れが迫った白い街に、ミワの赤い車が遠ざかっていった。

急激に雪解けの始まった三月初め、建物オーナーがアルバイトを世話したいと言い出した。開店からしばらくは、ひとりでは無理だろうという。

初速が勝負だよと言われればそのとおりなのだった。倫彦は新店舗の開店にあわせ、帰宅してから寝るまでの時間のほとんどを新しいメニュー作りに使っている。オーナーは趣味で集めたCDから店内に流すサックスのBGMをセレクトしているという。

内装をデザイナーの赤城ミワに頼んだことを伝えると、驚きながらいったいどんなつてを使ったのかと問うてきた。知人の紹介と曖昧に答えたばかりに、会わせないわけにはいかなくなったのだったが、倫彦のよそよそしい態度であっさり見破られた。

雪解けが始まってからは、新装開店が急に現実味を帯びてきて、正直落ち着かなくなった。ミワはいくつかの仕事を掛け持ちしており、ここ十日は会える時間も取れていない。

午後になって大粒の雪が雨に変わった。軒に雨音を聞くのは久しぶりだった。倫彦が時計を気にしながらディナータイムの仕込みをしていると、遠慮がちにドアが開いた。

入ってきたのは身長もなくか細い少女だった。フロアのアルバイトとはいえ、皿を運んでテーブルにセットするには見かけより腕力が必要だ。オーナーもそこのところがわからぬわけでもないだろうに。

久保田幸生という名前だけで、すっかり男だと思い込んでいた。ユキオではなくユキミと読むのらしい。

「ごめんなさい、僕はてっきり男の子だとばかり。H大の理学部でしたよね」

頷きとお辞儀の真ん中くらいの肯定をして、久保田幸生の眉尻が少し下がる。申しわけなさそうな彼女の表情に、倫彦はもう一度謝った。

「お皿を運んだり、皿を洗ったり、厨房の後片付けとかも、けっこう体力が必要なんですよ。このくらいのフロアなら僕ひとりでなんとかなるけれど、新店舗はちょっと席数もあるんですよね」

思いのほかまっすぐな瞳を持った女だった。

「レストランでのアルバイトは初めてではないんです。もともと親が東京の下町で洋食屋をやっていて、ずっとそういう環境で育ったので。厨房の手順もそんなに時間がかからず覚えられると思います」

「就職も内定していると聞きました」

「来春から、G食品のバイオ研究所に」

大学院在学中に就職が決まり、一年後には東京に戻るという。語尾が重たくないのは好かった。コーヒーと言わせると北海道に育ったかどうか、すぐわかる。

「うちで働けるのは年内いっぱいくらい、ということになるのかな」

幸生の瞳がぱっと明るくなった。

開店の一週間前から新しい店舗の準備に加わってもらうことを決めた。

外は雨脚がつよくなっている。せっかくだからと、ランチに出しているビーフシチューと自家製パン、ピクルスとスープをワンプレートにして出した。

ひとくちスープを飲んだあと、スプーンを持つ手が止まる。倫彦は娘の反応が少し楽しみになっている。

「材料はパンですよね」

意外だった。ひとくちで食材を言い当てるのは難しいスープだ。キャベツ、タマネギ、コーン、ジャガイモ——人の味覚は実に頼りなく、思い浮かぶのはたいがい記憶にある味ばかりなのだ。

飲んだことがあるのかと問うた。幸生は涼しげな表情で、しかし自慢するふうでもなく
「ヨーロッパを旅したときに、一度」と答えた。

バックパックひとつでフランス、イギリス、ドイツ、イタリア、ギリシャと、ひとり食べ歩きをしたのだという。

「フランスは、バターの味しかしなかったですね。クッキーはとても美味しかったけれど。ドイツの実用一点張りな素っ気なさは、嫌いじゃないです」

オーロラを見るために北欧を旅したと聞けば驚くばかりだ。旅以外はすべて学業とバイトに明け暮れる。夏休みをすべて使って、毎年ひとりを楽しむ旅も、今年は無理なのだという。修士論文には時間もかかり、まとまった休みを取るのは難しい。

「なので、バイトのお話はとてもありがたかったんです」

小柄というよりは華奢《きゃしゃ》な少女にしか見えない彼女は、食べ歩きをするためにひとりでヨーロッパを旅する。

倫彦は自分の凝り固まった人間観察にがっかりしながら、貸した傘を差して駅に向かう背中を見送った。幸生の話は、オーロラひとつとっても、その色が思い浮かんだ。言葉の選び方と順番がいいのだ。接客にはありがたい特性だった。

オーナーに電話を入れて、礼を言った。

「いいだろ、あの子。H大の教授いちおしの人材だってさ。期間限定ってのも、安心だ」

そのくらいならミワがやきもちを焼かぬだろうと声を落とす。男の気遣いは、ときに少し意地が悪い。

ミワからメールが入っていた。

――バイト、決まった？　こちら、やっと壁に使うレリーフの終着が見えてきたところです。店のどこから撮っても写真映えするようになるはず。楽しみにしててね。

倫彦の内側が妙なバランスを取り始めた。安定と安心と、期待と冒険。他人に見えぬ懐には、いろいろな感情を満たしていないとすぐに不安の風が吹きそうだ。

ミワがデザインした「ＲＩＮ」の内装は、倫彦の希望も取り入れて全体が白とグレーに近い木目で統一されていた。仮店舗の営業は三月いっぱいとし、四月からは本格的に什器を移し厨房を整える。

厨房の前には六席ぶんのカウンターを作った。この数ならば、ひとりでも捌《さば》ける。

木のレリーフには波形の彫刻が施してあった。幅にして八メートル、腰高の白い壁に、レリーフをはめ込んだ二本のウェーブが現れる。店内に入るとまず目に入るのがミワのデザインした壁だ。

白い壁一面に広がる赤城ミワのアート作品は、倫彦もまだ見たことがなかった。什器を設置し終えたところで、壁と格闘するミワも手を止めた。壁の左上からゆるやかな曲線を描き二本の線が下降し再び上昇する。上の一本が壁の終わりの中ほどで止まった。レリーフに施した彫刻も同じデザインだが、どれもタッチが違った。

「ミワ・ライン」と称される、アイヌ紋様が大切に継承してきたものから半歩飛び出た独特の曲線だった。

公式の場でははっきりとした顔立ちに負けぬくらいの衣裳で、いつもどこかに赤を効かせるミワも、ひとり黙々と仕事をするときはジーンズにトレーナー、ライトダウンのベストという作業服だ。

倫彦はミワが目の前で仕事をする姿を新鮮な心持ちで眺めている。

「六割、できてきた。あとは壁にはめ込んだ木をコーキング材で補強して、ライティングで影をつける。人の目に触れたときが完成なの」

ミワは壁の前に背丈ほどもある脚立を置いて、床に敷いた保護シートの上に座り込んだ。外は晴天で、今日は十五度に届く気温になる。倫彦はこの三日間、朝から作業を続けるミワに食事を運び、壁が仕上がってゆく様子を見守っている。

紙コップに注いだコーヒーを飲みながら、ふたり床に座り壁を見上げた。ミワの隣にいると、体温が倫彦の方へと流れ込んでくるような気がする。

壁に現れた二本のラインは同じ出発点にありながら、ゆっくりと間を広げてゆく。後の広がりを表現するためか、持ち上がってくる一本には見えぬ一本が尾を引きながら寄り添っているのがわかる。

「いいね。作り手の包容力が伝わってくる。ミワのデザインはそこが魅力だっていうのを、日経の記事で読んだ」

「あまり難しいことは考えてないんだけどね。インスピレーション、それしかない」

「ミワ・ラインだ」

「そんなふうに、言われてるらしいね」

「ブランドって、あとからついてくるものなんだろうな。自意識を保ちながら新しいものを意識するって、実は難しい。メニューを作ってても思うよ。新しいかどうかなんて、客が判断するものなんだろうし」

「判断を他人任せにできなくなってからが、闘いなの」

無意識に「つよいねえ」とつぶやいていた。おそらくそのつぶやきにいちばん驚いたのは、倫彦自身だ。

「つよいって、褒め言葉じゃないと思うな」

穏やかな反論には、返す言葉がなかった。

紙コップを倫彦に返し、ミワが立ち上がった。再び作業に戻る彼女の背中に、民族の誇

りを描いた帯が透けて見える。つよいねえ――胸の内側にちいさな染みを残して、声にな
ってしまった失言がこだまする。
声をかけづらい空間を作ってしまったのは、倫彦のほうだった。午後、ミワは足りなく
なったコーキング材を買い足すついでに一度札幌に戻ると言った。
「プレオープンまでには、接着剤や材料のにおいも消えるように予定を組んである。あと
二日もらえれば仕上がるから。お手洗いの壁にかける作品はわたしからの開店祝いだから、
請求書には入れないでおくね」
駐車スペースから出てゆく車には、うっすらと春の土埃《つちぼこり》が積もっていた。車道の脇に溜
まった乾いた土が舞い上がる。
改めて壁に描かれたラインを眺めた。春の風にのって運ばれ流れてゆくもの、それを支
え見守るもの。ミワ・ラインが表現し続けてきたものの大きさが見えるようだ。
微かな音をたて、換気システムが作動する。倫彦の気持ちの着地点を探すように、ミ
ワ・ラインが無理のない風を見せる。好きになった日よりも、喧嘩したときよりも、倫彦
が謝らねばならなかった日よりも、胸が苦しかった。
内装仕事の最終日、次の現場に急ぐミワを見送ったあと、倫彦は手洗いの個室に掛かっ
た作品を見た。

木のレリーフに、ダウンライトが影を作っている。そこには、店舗に飾ったものとは逆のラインが描かれていた。

プレオープンをひかえた一週間前から、久保田幸生がバイトに入った。桜前線が加速して北上しており、このぶんだと開店日には満開となりそうだ。

四つのテーブルと椅子の位置のパターンをいくつかノートに書き込みながら、それぞれのパターンに合わせた動線を確認する。隣のテーブルと干渉しあわぬ位置を探し、木目の床材に目立たぬようテーブル位置の決定シールを貼った。

視界を確かめるために、幸生を椅子に座らせてみる。倫彦はひとりでこのフロアをまわしてゆくときのために、いちいち厨房に戻ってテーブル環境を確認する。

座ったまま壁を見て、幸生がため息をつく。

「おしゃれなお店ですよね。この壁も、贅沢なアート。こんなに大きな赤城ミワ作品は、見たことないです」

オーナーの知人や今回の店舗作りに関わった人々を招いてのプレオープンに、赤城ミワも来るのかと問われた。

「来るよ。きっとまた、客人たちの視線をぜんぶ持って行くだろうね」

「ネットのインタビューでしか見たことないけど、エキゾチックできれいな人ですよね」

この壁を見た誰もが同じ質問をする。

「お忙しい人だって聞いたけれど、どういう繫がりでお願いできたんですか」

「店のお客さんだったの。頼んだら、いいよって」

「会えるんですね。嬉しいな」

無邪気にミワについての知識を披露されれば、うつむき苦笑いするしかないのだったが。

新メニューとワインのストック、必要な情報について、幸生は二日間で頭にたたき込んできた。たいがいの質問には答えられる。最低限これだけは覚えてきてほしいという要望にしっかり応えられるアルバイトは、いままでいなかった。

褒めれば、「日本語で書かれてあるのでだいじょうぶです」という。

「日常会話くらいしかできない言語で専門的な文章を理解していくのはきついですけれど、日本語ならなんとか」

白いシャツに黒いパンツとロングのエプロンウェアを身に着ければ、ビストロのギャルソンになる。髪の毛はすべて後頭部でまとめ、ワックスで固めてあった。洋食屋の娘に生まれたというのは本当らしい。

トレイの位置を決め、水を届けるところから注文を取る順番、動作、メニューの説明、ワインのテイスティング。本来食べることが好きだという彼女の所作には無駄もない。

「教授たちのいちおし、って本当だったんだなあ。たいしたもんだ」

「バイトの経験が活きて嬉しいです。旅の資金を稼ぐのに、いろいろやりましたんで」

「いちばん儲かったのは、なんだったの」

幸生は表情を変えず「セカンドですね」と答えた。それはなにか、と訊ねてしまうくらい倫彦も無知だった。

「配偶者、あるいは彼女以外の異性でいることです」

まるで教科書の欄外にある本文説明のような回答に面食らいながら「ああ、そう」と返した。動悸を悟られず、かつそんなことを気にしてはいないという態度を保つのは困難で、ひとつ息を吐いたあとは素直に「驚くね」と口にして楽な方へと流れた。

幸生はそんな反応の内側を覗き込むこともせず、グラスをトレイに載せて席まで運び、そこで水を注ぎ入れる練習を続けている。そして涼しげに言うのだった。

「研究に必要だったといえば、まあまあな理由になるんですけれど。お金になるというのは大切な要素、ではありました」

幸生の研究は「遺伝子」だった。Y染色体の有無で性別が分かれるが、そのY染色体の作用が人間の実生活でどのように現れるのか。

「現代的にY染色体を理解したいなって。実際のY染色体っていうのは、すごくちいさくて、ほとんど遺伝子が乗っていないんです。唯一の働きは生物をオスにすることくらい。XXYもいれば、XYYもいるとなると、もはや性別というのは見える部分の肉体差異なんです。性染色体っていうのは、もともと異常が起こりやすいものなんですよ。だから、本来真っ二つに割るのは難しいんです」

一度聞いただけでは理解できず、どういうことかと問うた。

見かけだけ男女の別があっても、性的成熟の訪れない性があるということだという。

「一定数、いらっしゃいます。そのことで悩んでいる方も含めて」

幸生は性差についての込み入った話題を避けるように、アメリカの刑務所における半世紀以上も前の論文の話をした。Y染色体が多くなると人格的に凶暴化する、という説だったが、今はもう信憑《しんぴょう》性が失われているという。

「これは余談ですけれど、Y染色体ってのは父から男の子へと確実に男系遺伝するんです。ゲノム解析をすると、中央と東アジアではひとりに由来するY染色体の比率が高いんです。内モンゴルでは二五%で、起源は十二世紀。チンギス・ハンのY染色体ではないかと言われたりしてます」

攻撃性という言葉はいまの自分にとっていちばん遠くにあるように思えた。攻撃性を充分に活かしきれない場所に長く留まっていると、その能力は退化したりしないのだろうか。

「そういう場合もあるかもしれません。メンタルって環境で左右されますし。実際、本人も気づけない自己っていうのは多くあるわけで。それで、客観的な居場所からシンプルに、攻撃性の在処《ありか》なんてものを考えるわけです」

なるほどね——今度は倫彦がこの会話を続けることから逃げた。過剰に興味を持って質問を続ければ、途端に身ぐるみを剝がされそうだ。足りない食材はないか、冷蔵庫の前に貼ってあるリストを確認するふりをしてフロアに背を向けた。


四月末プレオープン当日、オーナーや両親、建設関係から市議会議員まで、立食でのパーティーが開かれた。女性客も二割はいるのだが、やはり人目を引くのは赤城ミワだった。赤のぴたりとしたミディワンピースに真珠のロングネックレス、足下はゼブラ模様のハイヒールだ。顎の下で切りそろえた豊かな黒髪が、ライトにつややかに光っている。

ミワが現れると、みな名刺を持って順番待ちになった。見慣れた景色のなかに、見慣れぬ女がいる。ふたりの関係を知っているのはオーナーひとり。誰もが壁を見ながらミワに作品の感想を述べる。

立食なので、カウンター全体を使って今後「RIN」で出してゆく料理を、ある限りの皿を使って並べた。ぐるりと壁に沿ったベンチ風の段差には、軽く腰掛けることもできた。この段差を考えたのはミワだった。

――今後、わたしの個展もできるといいなって。

八品の料理をすべて出し終えるころには、フロアの挨拶と雑談も落ち着いた。オーナーが倫彦を呼んで、改めての乾杯をする。このときばかりは、ひとことでも口を開かねばならなかった。

「お陰さまで明日から新店舗での営業が始まります。無事この日を迎えられましたこと、心からお礼申し上げます」

拍手のあと、オーナーがミワを呼んだ。赤城ミワが手がけた店となれば、今後話題も尽きることはないと持ち上げられ、少し気詰まりな笑顔を浮かべている。グラス片手の挨拶は短いのがいい。ミワの内側のぼやきが聞こえるようだ。

「とても楽しい制作期間でした。タイトルは『アプンノ　パイエ』といいます。無事に行ってほしい、という願いを込めたアイヌ語です。このような機会をいただけたことに感謝いたします」

二本の線が、出会いからゆるやかにお互いの居場所を守り、浮き沈みを風に任せて流れていた。ミワがグラスを軽く上げると、拍手が起きた。

アプンノ　パイエ——倫彦は、壁のアートに付いていたタイトルを今夜初めて聞いた。帰りがけ、両親がそろってミワに頭を下げていた。ふたりの関係をミワが先に告げるとも思えない。

紹介するのなら今日がチャンスとわかっていながら、倫彦はそれをしなかった。ミワが店を後にする直前、片付けの手を止めて久保田幸生を紹介した。

「初めまして、久保田といいます。ギャラリー・トレモロでの個展、拝見しました。素晴らしかったです」

「ありがとうございます。個展、いつかここでも。またゆっくり食事に来ますね」

幸生と握手をして去ってゆく赤城ミワには、幸生の内側に吹く風が見えていたのではないか。そんな想像を許すくらいに、堂々とした笑顔だった。

オープン初日から、一か月先の予約が満杯となった。話題に上れば日ごと予約数は増えてゆく。予約内容によっては、席を確保できないことも多い。

ミワとはＬＩＮＥのやりとりだけで、それもすぐには返信できないことが多くなった。忙しいのはいいことよ、と言われればそうだが、一か月会わない日が続いたのは初めてのことだ。

ひと月分のバイト料に少し上乗せして、幸生に渡した。若さのなせる業なのか、思った以上の働きをする子だった。部屋に戻って、論文を書き、ひと眠りした朝には資料読みが始まると聞くと、その体力に唸ってしまう。

「この数日、シェフが倒れないかと思って気になっていましたけど、大丈夫そうで安心しました」

「そんなに疲れて見えたかな」

「バイタルサインが下がってる感じは、しました」

バイタルサイン、と言われて思わず噴き出した。

帰り支度を終えて、スマートフォンを手にした幸生の動きが止まった。

「電車が止まってる。踏切で人身事故があったみたい」

「しばらくは復旧しないな」

うぅん、と唸ったあと幸生が言った。

「すみません、復旧するまでお店にいてもいいですか。パソコンは持ち歩いているので、今日の予定はなんとか。施錠はちゃんとして帰りますから」

倫彦は厨房の目立たぬところに置いたデジタル時計を見た。もう十一時だ。最終電車の時刻になっても、復旧は難しいだろう。

「タクシー代くらい、出すよ。新さっぽろなら、五千円もかからないだろう。タクシー、呼ぶから」

二社、三社と電話をかけたが、ひとあし遅れたらしくどこも繋がらない。

「わたしは始発で帰ります。シェフはもう、お家に戻って休んでください」

はいそうですか、とは言えなかった。店は不用心だよ、とたしなめるような口調になる。こんな場面で、自分がなにを守ろうとしているのか頭の芯がぼやけてくる。壁に視線を移せば、ミワの描いた風がゆるやかに下降していた。

「家まで、ここから歩いて十分だけど、嫌じゃなければ。店にいるよりいいと思う。始発で戻るのなら、そのほうが僕も安心だ」

あれこれと言葉を付け足すのもはばかられた。人畜無害を主張するには、相手が悪い。

「わかりました。ありがとうございます」

札幌市のホームタウンには、ビジネスホテルもなかった。スーパーと飲食店は多いが、観光やビジネスは札幌圏に拠《よ》っている。店を出て、線路向こうにある家へと歩き出した。電車が止まっているので、線路脇も静かだ。

東の夜空に数日欠けた月があった。電柱を一本やり過ごしては、話題を探す。欠け始めた月が照らす場所へと向かって歩いているような、心細い夜道が続いていた。

部屋にある限りの照明を点けて、壁の時計に表示される温度を見た。昼間あまり日が差さないうえカーテンを下ろしっぱなしの一階リビングは、室温十八度。暖房を入れるかどうか迷う。おかしなところで、老いた両親がこの家を息子に譲ったのは正解だと思えた。

この一か月、店との往復で家事にはほとんど手を付けていなかった。風呂場から首に下げてきたバスタオルがソファーに放られたまま、掃除機もしばらく使っていない。

「なんだか生活感たっぷりで申しわけないんだけれど」

そこかしこにある無精《ぶしょう》の名残をかき集めて部屋の隅にまとめた。寒くないかと問うと、だいじょうぶと返ってくる。落ち着いてみれば、閉めきった家の湿気や生活臭も気になってくる。思い直して、部屋の隅にあるストーブに火を入れた。ひとりならばそのままふすまの向こうにあるベッドにもぐり込めばいいことだったが、今日はそうもいかない。

スマートフォンを覗き込んでいた幸生が顔を上げる。

「やっぱり今日中の復旧は無理みたいです。助かりました」

「いや、気にしないで。僕が車の運転ができればいいことなんだけど」

免許は持っているが、運転が向いていないと気づいて早々にやめた。そんなことを説明するのも面倒で、お湯を沸かしに台所に移動する。

棚からドリップの道具を取り出し、カフェインレスのコーヒーを淹れる準備を始めた。

タクシー会社に電話してみる。やはりどこも繋がる気配はなかった。

茶渋《ちゃしぶ》の付いていないマグカップをゆすぎ、温めたあとコーヒーを注ぎ入れた。湯気が濃い。やはり家全体が冷えているようだ。集中暖房が主流になる前に建てられた家だ。寒ければ家族が茶の間にいればよい。倫彦が幼いころはまだ、両親とひとり息子の団らんがあった。

夜更けに他人がいるのは、ここ数年ではミワくらいだった。雪道を往復させるのも心配で、冬場はたいがい倫彦が札幌へ出て会うのだったが。ミワは、どうしているだろう。今日に限って、LINEも入っていない。

幸生にコーヒーカップを渡したあとは、できるだけ彼女から離れられる場所へ移動した。ストーブの近くがいちばん遠い。テレビのリモコンを手に、天気予報のチャンネルに合わせた。

北海道地方は、快晴——

太陽のマークが広がる画面の左上に、そろそろ日付の変わりそうな時刻表示がある。物音に振り向くと、幸生が膝の上にノートパソコンを置いてなにか打ち込んでいる。

倫彦は隣室の押し入れから毛布を三枚引き出し、幸生の座るソファーの端に置いた。

「台所はお湯が出るようになってるから。論文、大変だね。無理しないで——って、無責任なこと言ってるな」

ありがとうございますと礼は返ってくるが、その表情を見ることは叶わなかった。顔を洗うつもりで一歩離れると、「いま、」と幸生が呼び止める風もなく話し始めた。

「ジェンダーと能力、資質、性格との関連とかは、とてもセンシティブで。社会的に叩かれる可能性が極めて高いんです。だから、まともなサイエンスがなされないにちがいない分野なんですけど」

声が低く、少しばかりかすれている。

「ひとの感情を無視しないと研究なんてできないんですが、ひととしての自分がすり減るんです。常に他己分析をしているような感じです」

他己分析、と問うた。自分が見た自分と、他人から見た自分をすべて言葉にし、されてゆく作業と聞けば、正直うんざりする。幸生は少し間を置いて、抑揚なく言った。

「正直、生きた人間の心理を研究に使えるほど、わたしはタフではありませんでした。就職を決めたのも、そういうことなんです」

「逃げたんです」と言いつつどこか開き直っているような気配のなか、彼女の口からミワの名が出た。

「知ってたのか」、がっかりする理由はない。けれど床にこぼれた自分の言葉を拾う気にもなれない。

「オーナーから」と、幸生がやっと顔を上げた。こちらの気が滅入るくらい、晴れ晴れとした顔をしている。

どこに向けてか軽い憎しみが湧き、それは細いながら束となって倫彦の内側を縛り始めた。いいんです、と彼女が言った。ノートパソコンを閉める音。明日は晴れ。次の情報が入るまで、同じ映像を流し続ける天気予報。幸生がバッグにパソコンを滑り込ませた。

その日倫彦は久しぶりに、ほくろのひとつもない女の背中を見た。

幸生は「気にしないでください」と笑みひとつ残し、始発に間に合うよう家を出た。急ごしらえで作ったサンドイッチを持たせて見送ったあと、倫彦はすべて夢であるようにと祈りながらもう一度眠った。そして眠れてしまえる神経を、目覚めたときに嗤った。


眠りこけずに済んだ定休日、久しぶりに札幌でミワに会った。

大通公園にはもう、夏の風が吹き始めている。たまには外の空気を吸いましょうと提案してきたのはミワだった。

ミワが傍らに置いたナイロンバッグから取り出したフランスパンを、少しずつちぎっては石畳に放る。すぐに鳩がやってきた。一羽、二羽、その数はどんどん増えてゆく。

「硬くなっちゃって、もう食べられないから」

開店からの賑わいを喜ぶミワの声が、屋外の喧噪に馴染んでいる。緑が増した景色、集まり来る鳩、ふたりの座るベンチの前を行き交う夏服がまぶしい。

「来週から地方の仕事がはいってってね、しばらく道東に行ってくるの。古い旅館の改装。建築の勉強をしておいてよかった。欄間《らんま》とか床の間とか、そういう場所に地元らしさを出したいっていうの。すてきな仕事」

「しばらく、ってどのくらい」

「一か月くらいかな」

いまそれを告げるには理由があるのだろう。倫彦にも、ミワにも予感がある。不実な時間を演技でカバーするのは、お互いの負担になる。

「忙しいのは、悪いことじゃないと思う」

「リンさんもがんばってるし、と思って」

「会えないことも、会わないことも含めて、時間ってのはありがたいもんだな」

倫彦が誠実でいられなかった時間は、これからの関係を確実に蝕《むしば》んでゆく。パンをちぎりながら、ミワが諦めを滲ませた口調で言った。

「気にしなくたって、いいのに」

女がふたりとも、似たような言葉を使った。倫彦は不誠実な心の隅で驚いていた。

「なにを、気にしなくていいのか。僕は、そんなにできた人間じゃない」

「戻ってきても、もうこうやってリンさんに会えないのか」

うん、と頷いた。

「お店には、行ってもいいんだよね」

倫彦の変化を、本人より先に察知できる勘を持った女だった。

「ああ、振られちゃった。悔しいなあ」

鳩がふたりの足下でフランスパンをついばんでいる。こんなに無心に目の前のことに夢中になれたら、よそ見などしなくて済んだのだ。

南からの風が木々の葉を揺らした。

吹き下ろし、やがてまた空に戻る風だった。ミワが壁に描いた「アプンノ　パイエ」。

「無事に行きますように」の願いが込められているのではなかったか。

風がどこへ向かうのか、途切れた先にも予感を残している。あの壁をきっかけにして、ふたりに吹く風が方向を変えたとすれば皮肉だった。

アプンノ　パイエ
――無事に　行きなさい

それは「さようなら」にあたる言葉を持たない民族の、別れの挨拶だった。
もう、肌を重ね終えたときの不安に遭わずに済む。
ただ単に怖かったのだと、夏の風が教えた。

谷へゆく女

待ち合わせ場所は、雪解けのキャンパスだった。

時江《ときえ》はひと足ごとに水が浸《し》みてくるスニーカーで、靴下まで湿らせながら北大キャンパス北九条正門前にやってきた。

ひんぱんに門を出入りしているのは、二次試験の下見に訪れた受験生やその親だろうか。みな、一度木々の梢を睨んでから門の中へと入ってゆく。

今日は、数百年に一度の惑星直列の日だった。

二月は東京のホテル火災で三十三人が、翌日に日航機が着陸直前に逆噴射し海中に墜落し二十四人が死亡した。惑星直列の一か月前だったことで、高校の卒業を前にした時江の周りでも、これはノストラダムスの予言も信じるべきではないかという話が飛び交った。

手紙でしか知らない札幌の街は、春というには寒く、ありったけの服を着込んでいても、まだ風の冷たさが沁みる。

石造りの門柱には男がひとり、通り過ぎる人の賑わいを余所《よそ》にして佇《たたず》んでいた。

きっとこのひとだろうと思ったのは、がっしりとした風貌だけではなかった。男は彫りの深い目元をもち、青々とした髭の剃りあと、黒く豊かな髪を襟足で一本に束ねている。黒いダッフルコートの前を開けて、寒さなど気にもしていない気配だ。

おそらく彼が「赤城礼良《れら》」だ。

三年前、少女漫画誌で「ペンフレンド募集」の欄にあった「レラ」の名前に、てっきり女だと思い込んで手紙を出した。

その後彼の友人が悪戯で出した募集記事だったと、時江のもとに届いた赤城からの丁寧な詫び状によって知ったのだったが。

――レラはアイヌ語で「風」という意味で、僕の名前は正しくは礼良と書きます。

便せんに綴《つづ》られた美しい一行に、すぐに返事を書いた。

――事情はわかりました、けれどこのままお手紙を出し続けることをお許しください。

北海道は憧れの土地ですし、自分の書いた手紙がその地まで運ばれてゆくことに、喜びを感じます。

時江が十日に一通ずつ送る日常のさまざまを記した手紙には、季節ひとつに一通ずつの返信が届いた。

とにかく今日は、二年半の文通を経て初めて彼に会う日なのだ。厚手のトレーナーにパーカーとジーンズという服装で、背中や両手に持った大きめの荷物を訝《いぶか》しがられはしないかと冷や冷やしながら、大柄な青年に一歩近づいた。

ふたりの間を、ひと組の受験生親子が通り過ぎる。二次試験直前の下見に、親の表情のほうが硬い。

時江がみっともなく濡れたスニーカーから顔を上げたとき、目が合った。

名前に「風」の意味を持つ彼の目が、初めて時江を見た瞬間だ。鼻から息を吐けば格好悪いと想像して、もっぱら口から息を吐いた。

「赤城さんでしょうか。わたし、中川《なかがわ》時江です」

男はひとつ深く頷いたあと、丁寧に腰を折った。

「初めまして、赤城です。遠いところ、ようこそ」

屈強そうな体軀《たいく》からは想像できないくらいの静かな声と丁寧な物腰だ。赤城がちらと時江の足下を見た。隠しようがない。汚れて濡れて元の色がわからなくなったスニーカーは、この男の目にどう映るだろう。

赤城は時江が提げたファスナー付きのナイロンバッグに手を伸ばし「持ちます」と言ったあと、礼を言う暇も与えず青信号に変わった横断歩道を渡り始めた。急に軽くなった体で、急いであとを追う。

学生が行き交う見知らぬ街角は、時江が生まれてから十八年間暮らした福岡とは違った。文通をしていた、というだけの男を訪ねてきたのだったが、肝心の赤城は時江が戻らぬつもりでやってきたことをまだ知らない。

赤城から届く季節の便りは短く、時江が送る長い手紙とは比べものにならぬほど情報が少なかった。けれど、時江の手紙は裕福で幸福な一家の団らんや友人との語らい、学校であった面白い出来事に終始しており、季節と天気くらいしか事実は書いていなかったので、事実の分量としては同じか少ないくらいだったろう。

札幌駅北口近くまでやってきたところで、赤城がくるりと振り向いた。

「お昼ご飯は、食べましたか。お腹は空いていませんか」

「すこし」

函館からは夜行列車で札幌までやってきた。できるだけ宿代がかからぬよう、夜行や普通列車の乗り継ぎで北海道にたどり着いた。途中、列車の遅れと天候による青函《せいかん》連絡船の運休で多少足踏みがあったものの、長めに見積もった旅程がなんとか無事に時江を札幌まで連れてきてくれた。

着いたらどこか安い宿を取って一泊して身なりを整えるつもりでいたが、時間が取れなかった。手持ちの金が少しでも減らぬよう、食事も腹が減ったところに菓子パンや牛乳、おにぎりを入れてごまかしてきたのだった。

挨拶のあとすぐに空腹かどうかを訊ねられて、彼は千里眼《せんりがん》かと焦る。午後三時の待ち合わせまで時間を潰した札幌駅で腹に入れたのは、おにぎりひとつだった。

服装は三日前に家を出たときと変わらない。暖房の効いた場所で頭を振ると、髪が臭った。仕方なくうなじのあたりに輪ゴムで束ねたものの、耳の下までしかない短さでは首から短い尻尾《しっぽ》を生やしているようにしか見えず、みすぼらしいことだろう。

懸命に札幌にたどり着くことを考えているうち、なぜ札幌を目指したかの動機が薄れてゆくのがわかった。

今ごろ学校では、卒業式に中川時江が来なかったという事実だけが残っている。噂もこぢんまりとしたものだろう。赤城からの手紙はすべてリュックの底に入れてきた。

時江がどこへ行方をくらましたのか、おそらくは誰も思いつかない。捜索願も出なければ心配する友もおらず、もしかしたら居なくなったことにも気づかないかもしれない。なにより、時江にはもう親もいなかった。

赤城は時江の歩幅にあわせてゆっくりと駅の構内へと入って行った。仮眠を取ったベンチをやりすごし、地下へ続く階段を降りた。

ひとまず腰を下ろし、遅い昼飯でもと彼が言う。

「ここのとんかつ定食が旨いんです。同じものでいいですか」

店内に流れる音楽にかき消されそうな声で礼を言う。

普通列車の対面座席に似た距離で、テーブルを挟んだ。背中からリュックを下ろす。店内は暖房が効いており、じわじわとジーンズの内側や濡れたまま感覚もなくなっていたつま先に体温が戻ってくる。

「今日こっちに着くという手紙をもらったのが、十日前でしたよね。できるだけわかりやすいところと思って、大学の正門前と走り書きのはがきを送ってしまってから、少し悩んだんです。ひとりで卒業旅行はいいけれど、あなたが進学をしないとは思っていなかったことに、投函してから気づいたので」

赤城の言葉はもっともだった。恵まれた家庭に育ち、隣県のお嬢様学校に船で通学しているような女子高生が短大にさえ行かないのは不自然なのだ。手紙で進学の話題は避けていたし、なにより赤城からの手紙にはほとんど質問がなかったのである。

「今日は二次試験前日だし、普通なら入試のことで頭がいっぱいですよね」

「こっちの大学に進学するのかなと思ったけど、そうでもなさそうだ」

男の表情は門の前で頭を下げたときとなにも変わらなかった。興味のなさか、優しさか、それとも時江への不信感か。

生真面目に言葉を探しているあいだに、とんかつ定食が運ばれてきた。まずは食べてからという言葉に、天の助けと両手を合わせた。

赤城がちいさなすり鉢に入ったごまを太いチョークに似たすりこぎで擂《す》った。時江も彼を真似てごまを擂る。立ち上るごまの香りに腹が鳴った。店内に流れるギターのBGMが助けてくれることを祈った。

小鉢に特製ソースを注ぎ、とんかつをつけて口に運ぶ。礼も世辞も浮かばなかった。時江は黙々とどんぶりのご飯、とんかつ、お新香《しんこ》、山盛りのキャベツ、味噌汁を腹に入れた。胃袋が温まると寒さも消えた。

赤城も時江のペースに合わせるように箸を置いた。無言で定食を腹に収めるという、不思議な儀式だった。顔を上げ、彼と目を合わせた。

「少し、落ち着きましたか」

「ありがとうございます」

ひとつの季節に一通しか届かぬ手紙にしたためられていた文章。赤城は文章と同じ速度で話す人だった。文は人、人が文を書くのだと改めて感じるひとときだ。

「なにか、思い詰めているようだったので。勘違いならそれでいいんだけれど。手紙には春の札幌に行ってみたい、と書かれてあるだけで。理由なんて、行ってみたいというだけで充分なんですが。三月の初めはまだこっちでは春とは言いがたい景色ですよとアドバイスする暇もなかったので、少し案じていました」

店に頼んで靴を乾かしてもらいましょうかと、男は憐《あわ》れむように言った。時江は素直に脱ぎかけたが、思い直し「いいです」と応えた。同級生たちに何度も隠されたスニーカーには、消しゴムや除光液を使っても消えずに残ってしまったいたずら書きがある。濡れているうちは目立たなくても、乾けば浮き上がってくるだろう。

「三年近く、勝手に手紙を送り続けました。迷惑だろうと思ってはいたんです。でも、甘え続けてしまったので。本当は毎日でも書いていたかったし、十日に一度というのは、自分にとっては我慢の成果でした」

笑いながら言えたことは上々だったが、赤城は表情を動かすこともしなかった。時江は、いまの自分には戻る家もなければ探す人間もいないという事実を告げようか告げまいか迷った。自身が未成年であるということを考えられるくらいには冷静だ。

「手紙、ありがとう。ろくな返事も出さずにごめんなさい」

こちらが手前勝手に送りつけた手紙の礼と返事が少なかったことの詫びに、どう返せばいいのかわからない。ようやくの思いで「こちらこそ」と応えた。

「行ったことのない福岡の景色や、関門海峡の美しさや、武蔵と小次郎の巌流島《がんりゅうじま》のことや、戦いの歴史が沈む壇《だん》ノ浦《うら》のことが書かれた文章は、とても楽しかった。大学ではいつも昔の人の書簡を読んでるんですけどね、心が躍るような文章に出会えることはまれです。あなたの文章は、気遣いにあふれていて、とても面白かった」

「もしかして文学部、だったんですか」

「言ってませんでしたか」

極端に自身のことを記さない手紙には、学部はおろか彼の出身地も書かれていなかった。ただひとつ、文通を断る際に丁寧な文字で「アイヌ語の名前がついている僕自身も、アイヌの生まれです」とあったのみだ。

それがなんだというのだろう、と十六になったばかりの時江は思った。そんなことは、文通出来ない理由にはならない。制服で一目置かれるような女子高に通い始めて三か月、自分の居場所ではないことに気づいたころのことだった。

試験勉強をすれば一番、しなければ三番という三年間。進学しないのではなく、できないことは周りの誰もが知っていた。奨学金を受けて進学するような生徒を持ったこともない私立の女子高なのだ。スナックを経営していた母が半分体を売りながら稼いだ学費ということは、誰も表だって口にしないぶん、知らない者がいなかった。

年明け早々母がひき逃げ事故で世を去って、時江にはもう卒業する意味もなくなった。たったひとり、見栄を満足させるひとはいない。母がいないということは、見栄を張る先もないということだった。

目の位置がずれるほど頭を打ち、手足がおかしな方向に曲がった母を見て、人間の体の儚《はかな》さを思った。なにもここまで破壊する必要はないだろう。そのあとは、かなしむよりも先にほっとしてしまった。不意に与えられた自由に戸惑いながら、けれどここから先は好きに生きてもいいのだと何かに背を押されたように思ったのだった。

赤城が隣の席に置いたナイロンバッグふたつを見てしみじみとした口調になる。

「荷物、ずいぶんたくさんありますね。重かったでしょう」

「ありったけの衣類とお金に換えられそうなものと、好きな本だけなんですけれど」

ありったけの衣類、と彼が首を傾げた。もう、ごまかすのは無理なのだ。なにより彼をだますのは今日で終わりにしたい。

「手紙に書いていたことは、ほとんどが嘘です。住所や土地のことは本当ですけど、わたしに海運会社で働く父がいるということも、専業主婦の母がいることも。仲のいい友人と映画に行ったこともないし、お正月や夏休みをハワイで過ごしたこともない。わたしの生活にまつわることはすべて嘘です」

赤城は「へえ」とそのときだけ、びっしりと目を縁取《ふちど》る美しい睫毛を上下させた。時江はお茶をひとくちすすったあと呼吸を整え、母の仕事と事故のことを打ち明けた。

「だから、学校を卒業したらそのままわたしがお店に立つことになるんです」

慎ましい葬儀にやってきた常連客が、それがいちばんいいと言った。心細いだろうから自分が面倒をみるという男もいた。誰を信じるべきか迷うということもない。信じられる人間など、母を含めて自分には誰もいない。

「ぜんぶ、捨ててきました」

卒業したあとは時江が店に立つと思っている男たちの、母親の次は娘という視線からも、生まれた土地からも、自身にまつわる十八年間からも逃げてきたのだ。

「嘘だったからこそ、あなたの文章を楽しめたのかもしれないなあ」

晴れやかな表情と太い眉で、感心したように赤城がつぶやいた。

「ぜんぶ捨ててきましたか」

黙り込み、知らない曲を一曲ぶん聴いた。ぜんぶ捨ててきましたか、のひとことが時江の耳の奥で何度も繰り返される。いつまでも黙っていたいのと、なにか反応をくれないかと焦《じ》れる気持ちを往復しながら、食べ終えたあとの皿が下げられてゆくのを見送った。

「ところで、選んだ行き先が北海道だったのは何か意味でもありましたか」

「誰も知ってるひとがいなかったから」

言い終えてから「赤城さん以外に」と付け足した。

「頼って来たわけではないんです。会うのなら、いまじゃないかって。これはただの勘です。落ち着く先も、まだ決めていません」

「頼り甲斐があるかどうかは別として、少しは年も上だし、今後のアドバイスくらいは出来る自分でいたいと思ってます」

一拍おいて「それが今までいただいた手紙へのお礼になれば」と言った。

時江は生まれて初めて、実のある言葉を聞いた。母からも教師からも、周りにいる誰からも言われたことのない言葉だった。「礼を言え」と迫られたことはあっても、礼を言われる立場になったことがなかった。

「お礼、ですか」

「はい、僕にとってもいい時間だったと思えるので。遠い街に、十日に一度自分を思って手紙を綴る人がいるというのは、不思議な感覚でした。こんな文章を書くひとを、失望させてはいけないなと思うこともありました。言葉って選んでいるうちに動機が消失してしまうものだから、僕からはあんな中身のない便りになってしまった」

けれどと少し間をおいて、悪く受け取らないで欲しいという言葉のあとに「特別僕でなくてはいけない理由はないなと思った」と続けた。

「なんの罪悪感もなく手紙を読んでいられたのは、中川さんが手紙を送る相手は別段自分でなくてもいいのだと思っていたからです」

返す言葉はない。聞き返す愚かさも避けたい。彼の言ったとおりだった。北海道という土地に、男子大学生の文通相手がいるという事実と、見ず知らずの相手に嘘で塗り固めた自分の日常を書き送るという行為。後にも先にも、時江が唯一楽しくあれた時間だった。

「いいわけは、しません」

のこのこと会いに来たのが間違いだったろうか。赤城礼良の慎み深い正直さの前では、どんな言葉も軽い。

「手紙の内容が嘘でも本当でも、そういうことは関係ないと言いたかったんです」

店員が、もう帰れと言わんばかりの荒い仕種で湯飲みにお茶を注いでいった。熱いほうじ茶をすすりながら、時江は目の前に座る男の精悍《せいかん》な眉と目を見た。母の周りに、こんな目をしたひとはひとりもいなかった。

卑《いや》しさと憐れみを混ぜ合わせた視線に慣れた母にとって、彼らは生活の糧《かて》であり道具だった。

「ありがとうございます」

泊まるところも決めずにいることを白状したのは、とんかつ屋を出て同じ質問を二度されてからだった。濡れたスニーカーを気にする赤城が、早めに宿泊施設に行ったほうがいいのではと提案するので、時江も正直に「行くあてもない旅」であることを告げた。

「どこか、安いところを探します」

駅の観光案内へ行ってみると告げると、赤城が両手の荷物を交互に眺め、「そうか」と頷いた。所持金が少ないのは、見てのとおりだった。

「僕は友人のところに泊まるから」

彼は、今しばらく足下の悪さを我慢して雪道を二丁ほど駅の北側へ歩いてほしいと言った。

生まれて初めて、人を頼った。気づかぬうちに助けられていたことはあったのかもしれない。けれども、目の前の人間が困るのを承知で甘えて頼っていると自覚するのは、やはり初めてだった。

行き先がはっきりした後は、濡れる足下も寒さも気にならなかった。すっかり西へと傾いた太陽がビルの壁や一面の窓に反射する。駅から出てゆく人、駅へ向かう人を縫いながら、時江は赤城の後ろを小走りでついて行った。

時代から取り残されたようなアパートを想像していた時江は、五階建てで白い外壁の建物を見上げて戸惑った。正直に驚いている時江を見て、赤城が居心地悪そうにエレベーターボタンを押した。大学生の多いアパートなのだという。四階の端の部屋が男の住まいだった。

二間に分かれた部屋の三枚戸は開け放たれており、ほぼ一間だ。両手を広げたくらいの幅のキッチン、スイッチを押すだけで瞬く間に温風を吹きだすストーブ。ここは炬燵《こたつ》ひとつでは暖を取れない土地なのだ。

開けた戸の向こう側の壁に、部屋には不釣り合いな大きなテーブルがあった。二か所で方向を変えられる、プロ仕様のライトがあることで、作業机なのだとわかる。なにか図面でも引いているのかと想像したが、そうではないらしい。食卓テーブルも、椅子もない部屋だった。

小部屋の半分を占領する作業台の足下に、丸めた布団があった。丸めてあるとはいえ、布団の近くへ行くことはためらわれた。

赤城が時江の母のことなど知るはずもないのだが、彼女の娘であることで向けられてきた視線を、札幌まで来ていながらまだ恐れている。部屋に上がり込んでおきながら誘っていると思われるのは心外で、どうにも説明のつかぬ心持ちに時江自身が戸惑っていた。

暖が広がってゆく部屋の隅で所在なく立ちっぱなしの時江に、赤城が四つに折りたたんだ新聞を渡した。

「ストーブの近くに、スニーカーを置いておくといい。乾燥しているから、半日あれば乾くんじゃないかな」

もとは白かったソックスが濡れて灰色になっていた。急いでソックスを脱ぐ。時江がいる場所まで、濡れた足跡がついてきていた。

ストーブの前に座り、しもやけに赤く腫《は》れた足がしびれるまで温めた。赤城が大きなマグカップに紅茶を淹れてくれた。置き場所は床だ。

「椅子もテーブルも、作業台周りで間に合ってるものだから何もない。もともと人が来る予定のない場所なんで」

時江は、部屋に上がってからはすっかり無口になった。次の展開が読めるようで読めない。もしも一宿一飯の恩義なんてものがあるとすれば、自分には身ひとつしかないのだが、果たしてそれが礼なのか男への興味なのかが曖昧だった。

時江の視線に応えてか、彼が言った。

「あれは彫刻の作業台。僕は木を彫ることで多少のお金を得ています。もちろんそれだけでは学費も生活費もまかなえないので、学習塾の採点のアルバイトをしてる。どちらも出来高払いなんで、どっちにどのくらい時間を割くかが悩みどころです」

赤城は静かに、今年の卒業はなくなったのだと告げた。四年生をもう一度やることになったという。卒業論文も通り単位も取って、あとは就職をするばかりだった彼だが、予測をはるかに超えて内定を取るのに難儀したという。

「受けた会社はすべて落ちたんです。たしかに、若手を営業で鍛《きた》える企業が僕を喜んで使うとは思わなかったけれど、そうではない企業もやっぱり駄目だった」

学習塾のアルバイトも、講師となれば生活も楽だが、自分はそうもゆかないという。生徒たちの興味が、赤城がどんな授業をするかではなく容姿に向けられることを塾側が配慮してくれたと聞いて、なにか気持ちにもやがかかった。

「教授がいい人で、大学を前期休学扱いにしてくれた。後期に復学してまた卒論を出す。ありがたいです」

新卒というブランドを守るための提案を赤城礼良はありがたく受けることにし、社会人になるまで時間にして一年間の猶予期間を得た。

ぽつぽつと話をしているあいだに日は暮れて、赤城が答案採点用だという分厚い封筒を三つ、紙袋に入れた。友人は同じ階の二軒エレベーター寄りの部屋だという。なにかあったらチャイムを鳴らしてください、と言われて頭を下げた。

「台所に、インスタントラーメンを置いておきました。お腹が空いたら食べてください。鍵はひとつ渡しておきます」

赤城が去った玄関の、シューズボックスの上に鍵を置いた。部屋に戻ってぐるりと室内を見渡すと、洗ったシーツとタオルが数枚、布団の上に置いてある。細やかな気遣いを眺めながら、二軒先の部屋に住まう友は女ではないかと思った。

作業台の上には、年季の入ったノミや彫刻刀、紙やすりが放射状に並んでいた。椅子の前には彫り掛けの六十センチ角の厚みある板がのっている。白に近いベージュの木から、いま飛び立とうかと羽を広げた鳥が浮き上がって見える。鋭い目と獰猛な嘴《くちばし》は、鷲《わし》だ。

時江のなかで、なにかを見定めて飛び立とうとする鷲と穏やかな赤城の印象がすれ違う。生きる手段を持ちながら、集団に属することを欲する男の心の在処を思った。生活の糧を彫刻とアルバイトでまかなえているのなら、なにもわざわざ嫌な思いをする一般企業に就職することもないだろう。

校章が入ったジャージに着替え、作業台の横に布団を敷き、シーツを替えて横になる。

木と、嗅いだことのない土のにおいに包まれながら体を伸ばした。夜更けに住宅のチャイムを鳴らす常連客もいないし、いまなにをしているのかと問う電話もかかってこない。久しぶりに感じる平穏な夜が嘘を書き連ねた手紙の礼なら、それはそれで意味のある時間だったろうか。

時江はその夜、きれぎれの夢をみた。

次々に現れるシーンは常に「入学式」で、その日だけは母も襟をしっかりと立てて着物を着る。薄いクリーム色の色無地に黒い絵羽織《えばおり》姿の母が、他の母親たちと同じに見える一日。校門前にある入学式の看板の前に立ち、カメラを構えているのはいつも見知らぬ男だった。

幼稚園、小学校、中学校――

母は、高校の入学式にだけ来なかった。今もしっかりと覚えている。進学先の女子高には、時江のような家庭環境の娘はいなかった。何度も退学したいと言ったが、それは許されなかった。

夢のなかの時江は園児だったり小学生だったりするのだが、母の横で写真を撮られながらいつも「見栄」について考えている。「見栄」という言葉も知らないのに、大人の「見栄」のおかしみについて、考えているのだった。

カーテンの向こうが明るくなって、うとうとすることを繰り返していた時江も、玄関チャイムの音で目覚めた。腕の時計を見ると九時をまわろうとしている。

赤城が手にレジ袋を提げて現れ、すぐさま台所に立ちコーヒーを淹れる準備を始めた。買ってきたトースト用の角切りパンをトースターにセットする。

時江は埃を立てぬよう布団を畳み、靴下を履いた。

「ストーブを消さずに寝たのなら、乾燥で喉が痛くなっていませんか。言えば良かったですね。しっかり眠れましたか」

「おかげさまで」

電話ボックスと同じくらいの狭いシャワー室が、洗面所代わりだという。歯を磨き、顔を洗うといくぶんさっぱりとした朝となった。

ストーブの近くに、手彫りの盆にのった朝食が運ばれてきた。コーヒー、マーガリンをたっぷり塗ったトースト、ゆで卵とバナナ。

同じような盆を作業台の端にのせ、赤城がいい音をたててトーストをかじった。つられるように時江もパンにかじりつく。

「よく寝て食べていれば、いろいろ前向きに考えられるようになると思う。卒業を見送ることを決めたとき、僕もそうだった」

洗い物を始めると、彼は時江に背を向け彫刻刀を持った。肩と背に気迫をまとい、木から鷺を飛び立たせようとする姿は緊張に満ちて、息をすることもはばかられた。若き鷺が羽と嘴を向ける先は、偏見に満ちた世の中だ。

時江は乾いたスニーカーを再び濡らして、駅の中にある靴屋で安い防水靴を買った。もうひと月も待たぬうちに春の風が吹き始めると聞き、上着は彼のものを借りた。

いつまで居るのかとも問われないし、いつまで居ていいのかとも問わない時間が続き、時江が初めて二軒先の友人に会ったのは、札幌にたどり着いて三日後のことだった。

赤城が学習塾へ出かけているあいだのこと、玄関先に故郷の青森からという南部せんべいを抱えて現れたのは、彼よりひとまわりちいさいつるりとした顔の男だった。

「九州から来たんだってね。僕が引き合わせたようなもんだ。ペンフレンド募集にはがきを送ったの僕だから」

普段は無口でむっつりとしている男が、十日に一度なんとなく柔らかく見えたと聞かされれば、悪い気はせず、不安も角を丸めた。

「で、こっちに住むことにしたの」

まっすぐに放たれた質問に、うまく答えることが出来なかった。時江の抱えた事情を知っているようでもあり、しかしどこまで知っているのかはわからない。確かなことはなにひとつ決まっていないのに、口からするりと詫びが出る。

「ご迷惑をおかけしています。なるべく早くに決めたいと思っています」

男は「いやいや」と手のひらを振った。

「僕は六月にはこのアパートを出るのが決まってるんで、もしこっちで働くんなら、住む場所を探す手間も省けるかなと思っただけ。礼良に聞いてなかったかな」

札幌での新入社員研修を終えたあと、新人はみな道内の地方都市へと散らばるという。今後のことをはっきりさせるまでに充分な時間を与えられたのだが、果たして短いのか長いのか。赤城の立場になってみれば、迷惑なことだろう。

塾から戻った赤城に南部せんべいを渡し、友人の来訪を伝えた。

「昨夜、そんな話をしていた。もし中川さんがこっちで働くつもりなら、アパートに使えそうな家財道具を残して行くそうです。引っ越し先は賄い付きの社員寮なんで、持って行けないものが多いらしいんです」

「赤城さんさえ良かったら」

考えるより先に頭を下げた。このまま近くに居続け頼っていいのかという問いは横に置く。ひとまず、嫌がられてはいないようだ。知る人のないところならどこにでも行けると思いながら家を出てきたのに、結局人に頼っている不思議を思った。

大粒の雪が半日降り続け、そして半日かけてすべて溶けた。

北大の卒業式、赤城は黙々と鷲のレリーフを彫り続けた。いつもと変わらぬようにも、少し湿ったものを宿しているようにも見える。一年後、就職先が決まっているという保証はない。

それから数日のあいだ、働き先を見つけなければと求人広告に目を通し、アパートの半径一キロを歩きまわった。

家賃と生活費をまかなえるだけの収入となると、アルバイトひとつでは難しそうだった。敷金礼金を支払うと、手持ちの金のほとんどが消える。

卒業式の夜、赤城が言いづらそうに口を開いた。

「今日は部屋に来客があるそうで。遠慮してくれと言われた」

急なことで、ほかにあてもないので駅前のカプセルホテルに行くという。時江は窓の手前に渡してある物干し竿を見た。長袖の肌着、トランクス、ジーンズ、端にはジャージで半分隠すように時江の下着が干してある。

ふっと息を吐いた。それほどに、夜更けに同じ部屋に居てはいけない理由を彼自身がよく解っているということなのだ。手紙に綴り続けた嘘とバランスが取れるくらいの本当を、秤《はかり》にかける日が来た。

「カプセルホテルよりも、ここにいてくれたほうが、ありがたいです。わたしがカプセルホテルに行くと言ったら、赤城さん止めるでしょう」

レリーフはもう一息で完成だった。北の空に舞うオジロワシは、その名の通り尾が白いと聞いた。民族が神のひとつと大切にしてきた鳥は、彫刻家の赤城礼良が表現する大切な素材で、口伝では精悍な青年と例えられることが多いという。

時江は、ひとつ頭を下げて「好きなだけ作業して、自分の部屋で眠って欲しい」と告げた。

「夕ご飯のあと、出て行かれるたびに申しわけないと思っていました。自分の図々しさを毎日かたちにして見ているようで、いたたまれなかったんです」

作業場と、消したストーブの前にそれぞれの寝床を決めた。時江が眠るまで、赤城は作業し続けた。

翌日もその翌日も、知人が来るので赤城の居る場所がないと断られた。無口な男の背を、悪戯でふたりを引き合わせることとなった友人が押している。

雪解け水が流れる音を聞きながらの夜更け、赤城は「僕は、臭くないですか」と言った。

「臭いと思ったことはありません。そんなに近づいたことも、ないと思います」

「生まれた土地ではなんということのない顔かたちですが、この容姿について世の中みんながら公平だと思ったことは正直、ないんです。手紙で伝えてあったとはいえ、実際に会えば驚くだろうし怖がるんじゃないかと思っていました」

時江の気持ちは静かだ。改めて男の伏せた睫毛を見た。

「お伝えしていませんでしたが、わたしは四月で十九になります。いつまでも、家出少女ではないと思います」

男が大きな頭を小刻みに振って頷いた。

夜更け、時江はふかふかとした男の腕の中にもぐりこんだ。

目的が母なのか娘なのかわからない男が上がり込む家より、ずっと安心していられる。

今まで受けてきた悔しさが吹き飛ぶようだ。正直に告げると、男の腕に力がこもった。


二か月間の研修期間を経た友人は、家財道具のすべてを処分して、赴任先へと発った。

赤城の部屋でささやかな送別会をひらいた際に言われた言葉を、時江は忘れない。

――あいつを、頼みます。

縁というものが瞬間の産物ではないのだと気づいた。時間をかけてそれぞれが、音も立てずに縒《よ》られてゆく細い糸だと信じられた。

生まれて初めて感じる安心が、初めてやってきた街にあったことも、縒られた糸の先に書かれているに違いない。

短い夏が終わり、北大キャンパスの銀杏並木が道を黄色く染めた。時江は教授への挨拶に向かった赤城を、銀杏の葉を拾いながら待った。前にかがむと、少し腹が苦しい。指を折り、少ない知識で月数を数えてみる。五か月なのか、六か月なのか。

体調のすぐれぬ日が一か月ほど続き、最近少し戻ってきたところだった。赤城は夏ばてだと言う時江の言葉を信じている。気分転換に外に出てみると、秋風が吹いていた。

生まれ育ったところでは、決して見ることのない景色とにおいだ。あともどり出来ないところでなくては、告げられない事実がある。時江は妊娠している。

美しいかたちをした銀杏の葉を拾い上げる。木漏れ日に光を集める葉の一枚に、今日が良い日であるよう祈った。

挨拶を終えた赤城が、銀杏の木の間から姿を現した。調子がいいなら、並木の端まで歩こうと男が言う。端まで行くあいだに、告げることにした。

黄色い絨毯《じゆうたん》が途切れるまであと数本というところで、立ち止まった。手足が冷えるほどの緊張を悟られぬよう告げる。

「妊娠しました」

できるだけ明るく言えたはずだ。隣の男の顔を見ないよう努める。見れば心の内を探ってしまう。つま先で輝く銀杏の葉と、数メートル向こうにあるアスファルトの境目だけを見ながら、もう一度同じことを言った。

妊娠に気づいてから今日まで、もう何遍も思い描いたのは、福岡に戻って母と同じ一生を送る自分の姿だった。それでもいいと思ったのは、自分がひとりではなくなったからだ。子供がいれば、ひとりではない。時江がいたから生きていられた母と、赤ん坊がいるから生きていける時江の間に、いまはどんな隔《へだ》たりもなかった。

時江の手を握る手から、動揺が伝わってくる。

男の戸惑いは仕方ないのだ。復学したもののまだ就職は決まっていない。失望だらけの日々に、就職よりも一生を左右する告白が待っているとは思わなかったろう。妊娠を告げずに去ることを選ばなかったのは、女の狡《ずる》さと時江の弱さだ。

肩口に男の言葉が降ってくる。初めて会った日に聞いた低い声を思い出した。

「この街では育てられないけれど、いいですか」

想像を超えた返事だ。産むことが許されればと思っていた時江の、はるか上から響いてくる。なんと答えればいいのだろう。この街ではないところなら産んで育ててもいいのか。

顔を上げ、男の瞳を見た。

「赤ん坊は、谷で育てることになります。僕の生まれ育った土地です。おそらくここではあなたにも子供にも大変な思いをさせるので」

彼はぽつぽつと、生まれ育った谷の話をした。道路を隔てた家のすぐ前にダムが建設されることになり、水没予定地に土地を持つ父親がアイヌ文化継承のために今も反対運動をしているという。

「谷に戻れば、僕も父の跡を継いで田畑を作り木を彫ります。目に見えぬものに抵抗することもなく、もといた場所に帰ればいい」

それより、と彼は問うのだった。

「産まれてきた赤ん坊が、僕のような顔立ちでも、あなたは育てられますか」

もちろんです――言葉に出したいのだが声が出ない。恐れていると思われぬよう、時江は懸命に頷き続けた。どうすれば伝えられるだろう、この男に。

大きなぬくもりが、痩《や》せた時江の手を握る。再び歩き始め、アスファルトとの境目で、時江の体から言葉がこぼれだした。

「わたしの父は、博打とお酒で命を落としたそうです。母はいつも父のことを良くは言わなかった。でも、今ならわかるんです。思い出していたわけじゃなく、ずっと思ってたこと。恨みでもなんでも、きっかけは何だったとしても、日常的に母から離れることなく父がいたこと」

そんな話をしたいのではない。もっと話すことがあるはずだ。

「もし無事赤ん坊を産むことができて、赤城さんと一緒に育てられたら、わたしを産んだ母の一生も、大切にできるような気がするんです」

理由のわからない涙があふれてくる。しくしくと腹がきしんだ。

半年後――赤ん坊が自ら決めた誕生日は、時江が二十歳になる日だった。前日の夕飯後から始まった陣痛は、なかなか三十分間隔まで縮まらない。いっそ日をまたげば同じ誕生日だと、顔色の悪くなっている赤城の緊張を散らしたりしている。

自分たち夫婦へ想像以上に好奇の目が向けられることに気づいたあと、出産のために時江が選んだのは、医師と産婆がひとりずつというちいさな産院だった。

ああ、まだだいじょうぶだ。

胸から下に毛布を巻き次の陣痛を待つあいだ、食べたいもの飲みたいものはないかと訊ねてくる彼に「落ち着いて」と諭《さと》し続ける。

もう何度同じことを繰り返したかなと笑い合った夜更け、背骨に今までとは違う痛みがやってきた。赤城が大急ぎでタクシーを呼び、ふたりで産院へと向かった。

タクシーを降りる際時江は、産院に灯された明かりが春の霧にぼんやりと丸く縁取られているのを見た。

朝には新しい日が昇る。昨日とは違う景色がある。

光に向かって、一歩踏み出す。

優しく美しく迎えてくれた光の輪を見て、時江は生まれ来る女の子の名前を「ミワ」と決めた。

谷で生まれた女

コテンパンとはこんなことを言うのだろう。久志木健太郎《くしきけんたろう》は六月の番組審議会で見た委員の顔をひとつひとつ思い出し、すすきのの狭い夜空を見上げた。

ディレクターとして番組を任され、勇んで作った六十分のドキュメンタリーに、好意的な意見はひとつもなかった。ひとり辛口意見が出るとみな安堵した表情で次々と辛辣《しんらつ》な意見を並べた。

ひとことでも温かな言葉が出れば、続く委員も遠慮がちになるのだが、十人のうち四人までが「六十分がひどく長く感じました」と言ったのではもう制作の意図を疑われているのは明らかだった。

番組制作を任されるようになったときから、「これは俺が作る」と決めていた一本だ。地元球団で長くチームのムードメーカーを務めてきた長岡《ながおか》選手が、この春に三十歳で引退を決めた。

同い年の長岡とはデビュー当時からの付き合いだった。彼が次のステップへ進むための事業を応援したい気持ちと、打率の落ちた長岡をあっさりと切り捨てた現監督への反発もある。

友情と悔しさが作らせたドキュメンタリーに思いもよらぬ評価を受けて、今日はもう仕事をする気にもなれず社屋を出た。

――長岡選手をお好きなんだという思いは伝わってくるんですけれど、一時間この番組を見ている方は、彼にそんなに興味もないわけで。視聴中ずっと、困ったなと思っていました。

――現監督にひとことあるのは伝わってきましたけれど、新事業に乗り出した長岡選手を応援したいのなら、監督のコメントも入れないとバランスが悪いのでは。

――制作を担当された久志木さんがご自身の思いを伝えたいと思うのであれば、広く仲間内の意見も聞いたほうがよかったのではないですかね。

副委員長が言葉を選びながら言ったひとことに、とりわけ傷ついた。久志木健太郎の弱点が、まさにそこだったからだ。

馬鹿にしやがって。ひとり毒づくものの、言われれば思い当たることばかりだ。プロデューサーが審議終了後にかけてきた言葉が最後の一撃となった。

——これでわかったろう。

ドキュメンタリー二十一世紀「俺は負けない」というタイトルも、文字の色から全体構成、音楽に至るまで健太郎が指示した。やる気の見えない現場には自ら発破《はっぱ》をかけ、動きの悪い部署には頭を下げながらの作業だった。

独りよがりなんだよあいつ。

陰口が聞こえたときも、笑顔で対応してきた。評価が出ればわかるはずだと思っていたからだ。それも今日ですべてが終わった。「俺は負けない」が全国のローカル局番組コンクールに出品されることはない。

敗北感が健太郎の足をただ重たくする。放映後の反響を頭の中で思い描いては、旨いビールを飲むことばかり考えていたのだった。

湿度の高い六月の夜風が、雑居ビルを縫うように吹き過ぎていった。肩に掛けた鞄の中でひっきりなしに携帯電話が震える。制作にかけた半年のあいだ、健太郎の指示を鼻で笑った顔、反論を堪えながらつきあっていた面々が思い浮かんだ。

ひときわ長い呼び出しが切れたところで取り出してみると、長岡からだった。ずらりと並ぶ着信履歴は、プロデューサーからが三回、アナウンス部にいる後輩の角松成美《かどまつなるみ》が二回、長岡からが五回。

健太郎は立ち飲みの軒先でビールを一杯頼んだあと、長岡に折り返した。

「おう、今日は地獄の番審だって言ってたからよ。今ごろ落ち込んで泣いてんじゃねえかと思って。どう、図星だろ」

「よくわかったな。百六十キロのデッドボールを五回はくらった感じだ」

言ったほうはただの冗談のつもりだったのか、健太郎の返答に一瞬の間があいた。

「やめてくれよ、いま、なんか慰めの言葉とか考えたろう。そういうの、勘弁してほしいんだよ。あちこちから電話が入ってる。どれも慰めを言いたくてうずうずしてるやつからばかりだ。お前もそうなら、切るぞ」

どこで飲んでるのかと問われ、立ち飲みだと答えた。一時間後にふたりの行きつけのバーで落ち合おうと言われ、しぶしぶ承知した。

ビールを二杯飲んでも、さっぱり酔いはやってこない。このまま湿気た気分を引きずりながら長岡に会っても、いいことはないように思えるのだったが。

約束の時間までにあと三十分ある。少し冷えた夜風に頭を冷やしながら、角松成美に折り返し電話をかける。早朝の番組を担当している角松は、そろそろ帰宅の準備をしているころだ。

案の定すぐに繋がり、彼女からの第一声は「おつかれさまでした」だった。

「今ごろみんな、俺の大惨敗に祝杯をあげてるんだろう。変な慰めは言うなよ」

「そういうこと、言わないでください。現場も一緒に残念がってますよ。委員はみんな好きなこと言うものだから、久志木さんが必要以上に落ち込んでなきゃいいなって」

「明日にはまた能天気な久志木に戻ってますので、みなさんご安心をと伝えておいて。それじゃ」

この女の鈍感さを嫌いではないが、電話をしたのは失敗だった。こんなときはうんと年上の女に、本題とは関係のない説教を受けながら飲むのがいちばんの逃げ道だったことを思い出した。残念ながらそんな存在はもう退職や愛想尽かしで、健太郎の周りにはいなくなってしまった。

待ち合わせたバーは、狸小路《たぬきこうじ》にほど近い雑居ビルにあった。五分遅れて現れた長岡は、Tシャツにジーンズ、黒いアポロキャップ姿だ。現役を離れて三か月、立ち上げた事業では広告塔に近いポジションだったが、そんなことは気にもしない大雑把な性分がファン層を広げてきた野球馬鹿だ。

ジンソーダをほぼ一気飲みするという行儀の悪さで始まった男ふたりの反省会は、健太郎の予感どおり、長岡の一方的な励ましで終わった。彼が引退を決め、現監督にすげなくあしらわれたときとまったく逆になった。

てっぺんぎりぎりのところで、アパートに戻った。かなり飲んだはずなのに、眠気はこない。渾身のドキュメンタリー番組のことは、なにやら遠い記憶になりつつある。長岡の暑苦しい激励ばかり聞いているうちに、いいのか悪いのか、いじけた気持ちがほどよく散った。

夕刻に角松成美についた悪態を改めて思い返してみた。健太郎の落ち込みぶりをそのまま伝えるほど鈍感なら、それでいい。辛抱強く先輩として立ててくれていた彼女もこれで、久志木健太郎から離れてゆくだろう。

いいさ、と午前一時を表示するデジタル時計に向かってつぶやいた。

大通ビアガーデンが四年ぶりに通常開催というニュースソースを撮り終え、会社に戻り編集作業をしているときだった。何につけ健太郎に目をかけてくれていた編成局長が編集室に現れた。

「どうだ、調子は」

「悪くないです。俺、馬鹿だから」

局長はいつもと変わらぬ調子で「そうだったな」とつぶやいた。むっとするのも大人げない。酷評のドキュメンタリー番組については、反省会も行われなかった。

腫れ物といえば聞こえはいいが、実際は誰もが健太郎の強引な制作方法に辟易《へきえき》していたのだ。そんなことは番組の評価さえ高ければどうにでもなると思っていた。

「いろいろ言われてはいるだろうが、タイトルは良かったんだ。『俺は負けない』は、当時の長岡にぴったりだった」

「失敗の原因は俺が誰の意見も聞かずに、ド直球で長岡のイメージビデオを作ったってことですよ。それをドキュメンタリーとは言わない。それはもう、飽きるくらい聞きました。反省もしてるし、現場のみんなには悪いと思ってます」

健太郎の口から出てくるのは、反省というには突っ張りが過ぎるいいわけだったが、編成局長は構わず穏やかな口調で言った。

「頭を冷やすのも、気持ちを燃やすのも、すべて仕事だ。お前がいまやらなきゃいけないのは、次のドキュメンタリーを作ること。それも、誰も文句を言えないような王道のやつだ。お前も長岡も、リベンジが大好きなホームラン野郎だろう」

そして、慈愛に満ちた口ぶりで続けた。

「なにかひとつ注意したらすぐにパワハラだ、心が折れた、メンタルがどうのって病名をほしがる時代、お前みたいに無鉄砲で打たれ強いやつは鬱陶しいぶん貴重なんだよ」

内心泣きそうになりながら、編集画面に視線を移した。

それから数日のあいだ「リベンジが大好きなホームラン野郎」のひとことが健太郎の頭を離れなかった。そうなるともう、逆転サヨナラしか頭に浮かばぬのはいつものことだ。

気になるネタは山のようにある。ここはもう少し、という甘い出来のドキュメンタリーがあっさり好評を博す理由がわからないことが、健太郎の我の強さだった。

ただ「それでも」と思うのだ。たった数秒の映像差し替えで、見違えるように生まれ変わる番組をいくつも見てきた。前回は届かなかっただけだ、と。

すると今度は「王道のドキュメンタリー」が頭の中をぐるぐると巡り、飯のあいだもサウナで汗を流しているときも、通勤時も離れなくなった。

本当に作ることが出来たらどうなるだろう。さまざまな妄想の果てにあるのは逆転サヨナラホームランで、ホームベースを踏んで満面の笑みを浮かべる自分を想像するだけで胸が震える。

抱えている取材や企画の担当、会議やローカルバラエティの撮影と、仕事は次々湧いてくる。しかし、何をしていても「王道のドキュメンタリー」がちかちかと瞬き、心を急《せ》かした。

スタジオ階で久しぶりに角松成美と会った。

「おつかれさま、最近町歩きコーナーが評判いいって聞いてるよ。すっぴんの疲れた顔でやってるのがいいっていうのもどうかと思うけど。お前もいろいろやらなきゃいけなくて、大変だな」

「メイクさんが早朝の撮影に間に合わなくて、慌てて撮ってからずっとあのまんまです。スタジオメイクとのギャップがいいって言われて、なんか複雑です」

眉を寄せて苦笑いしている角松の肩を叩きかけ、手を引っ込めた。体育会系だから、と笑って済んでいた時代とはわけが違うと上司が嘆いていたのを思い出したのだった。

眉を下げうっすらと残念そうな気配を残し、角松がスタジオに入ってゆく。健太郎は資料室へと向かった。

「谷に生きる人びと」というタイトルの映像資料が出てきたのは、資料室に通い始めてから三日目のことだった。どこに惹かれたのか、すぐにはわからない。それでも健太郎の勘は、膨大な量の映像資料を手繰《たぐ》る。二時間、五時間、毎日時間の許す限り、ダムの底に沈んだ聖地や虐《しいた》げられてきたアイヌ民族の歴史映像を観続けた。

ダム湖のそばで暮らす少女と少年が出てきたところで、健太郎の手が止まった。古い映像だ。一九九〇年代後半のものだろう。少女のほうが少し年長で、少年は弟だろうか。田畑で働く親の手伝いをしたり、見よう見まねで彫刻刀やノミを持ったり、その危なっかしい手つきにはらはらしながら姉弟の楽しそうな姿を目で追った。

姉弟の映像は三分程度の短いものだった。ひときわ目を引いたのは、少女の瞳だ。丸い木の実を並べたような大きな瞳には、驚くほど挑戦的な気配がある。牧歌的な光景にあって、不思議なほど浮いている目の輝きの理由が知りたい。

ダムの底に沈んだ聖地に生きてきた民族の暮らしは、しばらく地上波にのることはなかった。しかし数年前、アイヌ民族を登場させたアニメ作品によって、ダムのある谷はずいぶんともてはやされ、余波はいまも続く。そのくせ共生を目指すとして国が肝《きも》いりで作った施設「ウポポイ」は集客が思ったほどではない。

エンタメ要素をつよくして物語を入れ込まないと、なかなか民族問題は受け入れられないという印象を持ったことを覚えている。

これかな、という自分の言葉が耳から入り臍《へそ》のあたりから抜けていった。ただの勘ではあったけれど、「王道のドキュメンタリー」のにおいがぷんぷんする。少女の瞳からは、卑屈さは到底感じられないし、それどころか挑まれているような気さえする。

民族が抱える差別の歴史や現代でのタブーは、健太郎がリベンジするには大切な要素だ。その日から健太郎は、少女のことを調べ始めた。

谷のある場所を調べているうちに、祖父がダム訴訟の原告であったこともわかった。

少女の名前は赤城ミワ、アイヌ紋様デザイナーで数年前に札幌から谷に拠点を移した。経歴は華々しく、道内の多くの施設にその作品が置かれ、ウポポイで流される映像でもインタビューを受けている。とりわけ健太郎の気を引いたのは、彼女が手がけてきた作品はすべて伝統を重んじながらも斬新で、すでにブランドとして流通していることだった。

健太郎はまず、札幌市内にある彼女の作品を探し、ひとつずつ見て歩いた。ビルの入口正面に、壁いっぱいに波立ったレリーフがあったり、ドアが彼女のデザインというレストランもある。定山渓には館内のすべての設計に関わった高級旅館もあった。

これはいよいよと思ったところで、赤城ミワに連絡を取ることに決めた。取材を申し込むにも、手順がある。どれだけ惚れ込んでいるかを知ってもらわねばならないし、気持ちが伝わらなければその場でアウトだ。

赤城ミワの経歴や仕事内容、現場でたたき上げて来た歴史のひとつひとつを見たり聞いたりするたびに、健太郎の気持ちは沸き立った。何年も前に現役の長岡に惚れ込んだときと同じ感覚だ。この気持ちさえあればどこまでも行けるという自信の傍らには、もう二度と同じ轍《てつ》は踏まないという思いもある。

負けられない試合を目の前にした緊張を全身に張り巡らせ、赤城ミワの資料を打ち出し、分厚いファイルにして毎日眺め続けた。

契機が訪れたのは、全国番審に出品作を送り出してひと息ついた編成局長と、同じエレベーターに乗り合わせたときだった。

「どうだ、腐らずがんばってるか」

「ええ、まあなんとか」

「なんだ、お前にしては口が重いな」

時間の有無を訊ねると、次の予定までに三十分ほどあるという。健太郎は「折り入って頼みがある」と、一階のエントランスに隣接しているドトールへと局長を誘った。

局長は砂糖を二袋も入れたコーヒーをスプーンでぐるぐる回しながら、健太郎が何を言い出すか待っている。健太郎もまた、局長の機嫌が悪くはないことを確かめ、限られた時間で少しでもいい返事をもらうため言葉を選んだ。

「で、俺に頼みってのはなに」

間髪入れずに「赤城ミワに会いたいんです」と頭を下げた。

一拍置いて、局長が「へえ」と感心の声を漏らした。甘いコーヒーをすすり、もう一度

「へぇ」と言った。

「なんか資料室でこそこそしてるとは思ったけど、今度は赤城ミワか。お前も鼻がきいているというか抜け目がないというか。転《こ》けたら一大事なところを引っ張ってくるなあ」

褒めているのかけなしているのかわからぬ感想をひとつ放ったあと、局長の体がほんの少しテーブルに近づいた。

「二〜三年前に札幌の事務所をたたんで谷に戻ったろう」

当時彼女が局の審議委員だったことは健太郎も覚えている。赤城ミワは突然、大通に持っていたマンションを売って谷へ戻った。金にまつわるトラブルがあったことは確かなのだが、一切の情報が出てこなかったと聞いた。

「俺も現場にいたときに二回くらい審議会で見たけど、ひどくストイックな女っていう印象だな。トラブルは表に出なかったし、近年彼女のファンは国内だけではないらしいから、じきにまた札幌に戻るんじゃないのか」

「こっちに戻るといえる根拠は、なんでしょうか」

訊ねると、局長が瞳の光を消しカップを置いて言った。

「久志木、そこがお前の駄目なところなんだよ。そこを俺に訊いちゃうのが、詰めの甘さで余計な色気なんだ。お前が赤城ミワを追いかけることは、黙っててやる。だけど、本当にやるときは現場スタッフとの人間関係を固めてから取りかかれよ」

人望のなさを指摘されてはぐうの音も出なかった。現場スタッフとの関係は、決していいとはいえない。制作が健太郎だからこそ、という空気は少しも漂わない。やる気に人気がついてこないのは、チームワークが要求されるテレビ局内では致命的だった。


赤城ミワに会うための準備を整えている最中に、再び健太郎を不運が襲った。

放送するにあたり顔を出さないことが条件だった人間の顔が流れてしまったのだ。

経営破綻《はたん》した納骨堂の取材映像だった。破綻を受け、詰めかけた被害者が建物を出て行く際の映像に一瞬、下げた頭を持ち上げる代表者が映り込んだ。

気づいた人間はそう何人もいなかったのでは、という健太郎の甘い期待は早々に砕かれた。番組終了後、社長本人から局に電話がかかってきたのだ。誰も久志木健太郎を庇《かば》える者はいなかった。

ずっしりと重たい「とらや」の羊羹《ようかん》を抱えて破綻した納骨堂へ謝罪に行くと、抗議にやってきた顧客に頭を下げ続ける社長がいた。空いた時間で事務所へ移動し謝罪をすると、社長の態度ががらりと変わった。

「こっちもそれなりのことをさせてもらうから」

まるで映画さながらの脅し文句をいくつも吐かれ、羊羹を蹴飛ばされても、頭を下げ続けるしかなかった。

その日局に戻った健太郎は、資料室へこもり、赤城ミワとその弟が映る映像を何度も繰り返し眺めた。不思議とその光景を見ているあいだは、自分の身に起こることが遠くに感じられるのだった。

現場スタッフとの人間関係を固めてから取りかかれ、という上司のアドバイスは重荷でしかなかった。そんなことをしていたら、大事なものを撮り逃しそうだ。

動かずにいると次から次へと否定的な考えが生まれては膨らみ、体の内側がむしばまれてゆく。健太郎は逃げるような気持ちで赤城ミワの事務所に電話をかけた。

十七時という時間が果たして彼女の仕事に差し支えないかどうかもわからない。いま現場に、そうしたアドバイスを仰げる人間はひとりもいない。心臓が前後に揺れる緊張のなか、五回目のコールが途切れた。

「スタジオミケ、赤城です」

さまざまな資料で見たつよい瞳と、ウポポイの紹介映像で耳にしたよく響く声に、自然と背筋が伸びた。

社名と名前を伝え、いま少し話せるだろうかと訊ねれば、「どうぞ」と返ってくる。この際、しっかりとこちらの気持ちを伝えるのが健太郎が思う誠意だった。

「実は、赤城ミワさんに取材をさせていただきたいと思っております。お忙しいのは承知しておりますが、どうかお受け願えませんでしょうか」

「取材って、どんな？」

興味を持ってくれさえすれば、こっちのものだ。

「ドキュメンタリー番組を作らせてほしいんです」

まだ会議にさえかけていないことは黙っている。ある程度、肉声入りの映像を撮りためて、時間をかけさえすれば必ずいいものになるという確信があるからだ。

「わたしは構いませんけど」

赤城ミワはあっさりと承知したあと、続けた。

「わたしの周囲の人が困るような、誤解を招くような表現を避けてくだされればなにも言いません」

「制作にはしっかりと時間をかけますし、赤城さんは当然ながら、ご家族にもご友人にもご迷惑をかけないようにいたします」

制作にこぎ着けるまでのあらゆる手続きをすっ飛ばしていた。そうでなくては、という思いが健太郎の胸で渦を巻く。そうでなくては、リベンジが大好きなホームラン野郎の名が泣く。ハードルは、高いほどいい。

初回の電話で約束を取り付けた週末、健太郎は小型のビデオカメラを車に積んで、彼女の住む谷の町へと車を走らせた。ハンドルを握っているあいだ、職場で感じ取る陰口も無視も、何もかもが追い風に感じられた。アクセルは軽く、カーブのたびに変わる景色も夏空も、すべてが期待に染まり、くっきりとした輪郭が見えた。


神聖な谷を水の底に沈めたダムの、道路を挟んで向かい側に赤城家の所有する土地、イオルと呼ばれる地帯があった。三角屋根の大きな母屋から三十メートルほど離れたところに、ログタイプの工房があり「ＭＩＫＥ」のプレートがかかっている。

工房の前で車を降りた。今年の日差しは例年にも増してきつい気がしたが、谷では空気の濃度も札幌とは違うように感じられた。

工房から赤城ミワが出てきた。毎日資料と映像を見続けたのだ、ひと目で彼女だとわかる。黒いＴシャツにジーンズ姿の彼女は、ログハウスの前で「ようこそ」と首を傾げて見せた。必要以上に腰を折ったり頭を下げたりはしない。被写体としての風格は充分だ。

後部座席からカメラを出そうかと迷ったが、まずは距離を縮めてからと思い直し土産の蜂蜜バウムクーヘンを渡した。

「ありがとう、小腹が空いたとき助かります」

幼いころからの彼女を追ってきたのだ。初めて会った気がしないのはもちろんだったが、長年離れて暮らしていた姉にやっと会えたような不思議な心もちでもある。親近感というには緊張を伴い、ファンというのともまったく違った。

ほぼ正方形の工房にはドアのある正面以外の三面すべての壁に窓が設えてあった。天井も高く見かけよりずっと広い。窓の前にはそれぞれ作業台があるのだが、すべてに制作途中の作品がのっていた。

ドアのすぐそばには薪ストーブがあり、上には電気ポットがのっている。黒いポットの肩にはうっすらと細かな木の粉が積もっていた。

「畑仕事があるとき以外はほとんどここにいます。お好きな椅子に、どうぞ」

赤城ミワは健太郎が渡した名刺を眺めながら、針仕事の作業台に腰を下ろした。工房の主も客も、空いている椅子を使うという。健太郎は遠慮なく、彫りかけのレリーフの前にあった椅子に座った。

どの窓も滑り出しになっていて、内側に網戸がある。窓から窓へ、風が通り抜けてゆく。

「エアコンが好きではないので、暑いときは暑いまま、汗をかきながら作業をするんです。先日のお電話で、ドキュメンタリー映像を撮るとおっしゃっていましたけど、詳しいお話は、必要ですか」

質問の意味がうまく飲み込めず、「詳しい話、ですか」と返してしまった。

「久志木さんが、何を中心にしてどんなものを作るのかを、わたしはあらかじめ聞いておいたほうがいいですか。作業の紹介なのか、土地のこととか歴史のことなのか。何を掘り下げたいのかを知ると、わたしもそれなりのことを用意しなくちゃと思って訊ねただけなんですけれど」

この女は、あらゆるメディアに取り上げられながら、実は彼女のほうがメディアを観察してきたのではないか。

「それって、今まで取材を受けてきたなかで、ただ作業を紹介するだけに終わったものも、土地や歴史を掘り下げられずに終わったものもあった、ということですよね」

赤城ミワの唇の両端がすっと上がって、伏した目に黒々とした睫毛の影ができた。

「アイヌの歴史を知りたいのなら、ウポポイの資料で充分じゃないかなと思ったもんだから。いろんな文献もあるわけだし。話したいひとはある程度いるし。別にわたしじゃなくてもいいような気がするんです。それでもこうして、ときどき取材を受けるんですけれど。大抵は民族と工芸と、シサムの心が痛まない程度の歴史と、赤城ミワの手仕事の紹介で終わっています」

健太郎は、腹に力を入れた。どんなに持ち上げても、この女の内側をくすぐることはできない。何度取材を受けても、ひとつとして満足ゆくものはなかったということなのだ。

「二年前でしたか、札幌の事務所をたたんで郷里に戻られたのはどうしてでしょうか。差し支えなければ」

ミワの視線が健太郎に戻ってきた。

「なにか、噂でもお聞きになった？」

「突発的なことがあったのではと思いました。あまりに突然だったと伺ったので」

「いま、お話しする気持ちにはなれません。実際、面と向かってそんなことを訊ねられたのも初めてなので」

「お気を悪くさせてしまい、申しわけありません」

健太郎の謝罪に嘘はない。ひりついた空気も、決して不快ではない。

「先日も言ったけれど、わたしの言葉や土地のことや歴史なんかを都合よく加工しないでほしいんです。お願いはそれだけです」

誤解を避けるあまり、どっちつかずの誰も責任を負わずに済むような映像がまかり通っているのだ。谷の象徴となった赤城ミワを取材することで、この土地にある根深い民族問題から逃れ続けてきた。ヒーローやヒロインがいれば、人は勝手に物語を作り、都合のいいところへと感情を流し込んでゆく。

額にかいた汗をぬるい風が乾かし、乾いてはまた汗が流れた。

「取材されるのが、お好きではないんですか」

我ながら最低のひとことだと気づいたのも、一拍おいてミワが笑い出してからだった。

「好きな人なんて、いるんですか」

「ですよね」

心にもない相づちを打った。

「できるなら、放っておいてほしいくらいです。でも、シサムにはそれができない負い目があるんでしょう」

その都度、都合よく編集されたり大事なひとことをカットされ続けてきたのか。彼女の「取材承諾」はそのまま拒絶と同じだということに、遅まきながら気づいた。

「取材自体もお好きではないし、メディアも信じてはいない。それでも、お引き受けくださるのはどうしてでしょうか」

やぶれかぶれだ。ミワは相変わらず口元だけ友好的なまま、射貫くような瞳で言った。

「谷に生まれ谷で育ったことを公表している人間の、義務だからです。出自を隠して生きなくてはいけない人がひとりでも減るよう、祈りながらやっています。わたしは、民族の代表でもなんでもないし、どちらかといえばシサムに対して負の感情は薄いほうなんです。自分が何者であるかは、この手から生み出したものが後々語ってくれることだから、自己表現とも違う」

もう、返す言葉も失って、健太郎は膝に置いた両手をぐっと握りしめる。とんでもないものに手をつけてしまったという思いとリベンジへの予感で、うまい言葉も浮かばない。

ミワが「わたしは、作業をします」と言って立ち上がった。

「好きに映してください。見られて困るものはなにもないです。質問もどうぞ。ただ、集中していて聞こえないときもあるかもしれません。そのときはごめんなさい」

ぴょん、とその場で飛んでしまいそうに焦りながら、工房を飛び出し、カメラを持って戻った。

「これは急ぐので」と向かった作業台に、大きな黒い布が広げられた。エメラルドグリーンの糸を針に通し、ざっくりとしつけ糸でガイドしたところへ、細かなステッチで刺繡を進めてゆく。主線の両脇にさらにステッチを重ねるのだが、三本のループ刺繡によって一本に見えるようになっていた。見えない線によって立体感が出る工夫には、ため息しかない。急ぐと言われると、作業中に話しかけるのはためらわれた。

健太郎が手に持っているのは、電波に乗せても遜色《そんしょく》のない映像が撮れる小型カメラだった。これひとつでドキュメンタリー映画を撮った映画監督もいるくらいの性能がある。気持ちの片隅に、誰にも相談しないで走り出したことへの罪悪感はあるのだが、それもリベンジの予感に薄れてゆく。

黒い布の右肩から左下へと、アイヌ紋様が走っていた。一枚の布に描かれた刺繡が、風にはためく一本の帯のようにも見えた。これが「ミワ・ライン」かとため息が出た。遠慮して質問しないと思われてか、ときどき彼女のほうからぽつぽつと独り言が漏れてくる。健太郎は集音の感度を信じて、赤城ミワの手元、横顔、声を撮り続けた。

三時間が過ぎたところで、彼女が布と針を置いた。

「ひと休みします。母屋から冷たいお茶でもお持ちしますから、ちょっと待っていてください」

挑むような目をするときも、飲み物の好き嫌いがあるかどうか訊ねるときも、彼女の口調は変わらなかった。

ミワが母屋へ行っているあいだ、思い立って彼女が置いたままにしてある布と針、彫りかけの木板、彫金を撮った。番組の始まりか終わりか、どちらでも使える映像だ。

窓から西陽が遠慮なく差し込んでくる。針に跳ね返る陽光に己の欲を諫められても、後戻りはしない。

五時間の映像とミワのつぶやきを撮り終え札幌に戻り、健太郎は急いで今日のぶんの撮れ高を確認する。帰り際、毎週末の昼過ぎから夕方まで工房に通うことを了承してもらったのは、おおきな前進だった。

今日のぶんだけでも主要映像を分けておく。撮りたまってからでは収拾がつかなくなる恐れがあった。できるだけ彼女の言葉を削らずにいようと思うと、音声だけを別の映像に被せることになってしまう。

今までは、まったく違う質問から出た答えを映像にからませてゆくことにためらいがなかったが、今日は少し違った。

——いいんだろうか、それで。

ドキュメンタリーを撮り始めて、そんな思いにとりつかれたのは初めてだ。

赤城ミワの言葉を取り込んだファイルの音声を流し続けながら、コンビニの弁当を食べ、缶ビールを飲んだ。往復の運転と撮影の緊張と、部屋に流れるミワの声が健太郎の一日をずっしりと重たくする。なにか、とんでもなく大きな宿題に出会ってしまった気がするのだが、それが赤城ミワ個人なのか、彼女たちが持つ背景なのかがまだ摑めない。

——まだまだ、先は長い。焦ることはない。

言い聞かせるように、横顔の静止画像を見た。

いくらかでもミワと雑談ができるようになったのは、十月に入ってからだった。

「久志木さん、自炊してる？」

実際はまったくしないのだが、咄嗟に「はい」と答えていた。赤城家は代々受け継がれてきた土地で米を作っていて、毎年稲刈りもすると聞いていた。ここで、米を炊いたことがないとは言えなかった。

米をもらった日に量販店で安い炊飯器を買い、説明書を見ながら新米を炊いた。白米をどう食べていいのかわからず、炊けるまでのあいだに数種類のふりかけとレトルトカレーを買ってきた。

自炊など考えてもいなかった日々はたちまち、米が減ってゆくことに喜びを覚えるくらいに変化した。

同じくらいの時期に、長岡からも電話が入った。最近どうだ、と訊ねるのはこちらのはずだが、出遅れる。

「しばらく連絡ないから、心配してたんだ」

「いま、新しい取材先に通っていてさ。たまに飲みたいと思うんだけど、なかなか時間が取れない。そっちはどうなんだ」

「まああだ、現役引退してから一年間が正念場だから、俺も必死よ」

お互いの近況はそれほど大きくずれてもおらず、電話を切ったあとはほとんどの会話を忘れた。

そしてこれは健太郎にとっても予想外のことだったのだが、自炊をしているとぽつりと漏らしたころから周囲の反応が少しずつやわらかになっていった。自炊ひとつでなにが変わるのかと、健太郎にも理由がわからなかった。

十一月初め、初雪が降る頃には自身の評判が上がってきているのを肌で感じるようになった。向こうから挨拶されることもあったし、自分から頭を下げることになんの躊躇《ちゅうちょ》もない。職場に内緒で勝手に赤城ミワの映像を撮り続けていることが、わずかでも健太郎自身の謙虚さを引き出しているのだとすれば皮肉なことだった。

そろそろ工房で撮った映像が八十時間に届く。王道のドキュメンタリーという言葉が重たくのしかかってくる。

そのあいだ、健太郎が知るだけでもいくつか大仕事が彼女に舞い込んでいた。依頼の主は外資系ホテルの建築デザイナーであったり、彼女の作った宝飾品に興味を持った商社だったり、出版社から本のカバーデザインをという依頼もあった。

仕事の合間、あるいは自宅に戻ってから、健太郎は毎日繰り返し「赤城ミワ」の映像を観続ける。琴線《きんせん》に触れる言葉を残し、できるだけライブ感を出すことに努めた。

映像の中にいる赤城ミワは実に魅力的だった。彼女が発するひとことひとことに、大きな意味を感じる。特別含みのある話し方ではないのに、この映像のときはこんなひとことがほしいと健太郎が思ったそばから、希望をあっさりと叶えてくれている。

——どんなに作業が進んでいても、途中で「あ、違うな」って思ったときは迷わず糸をほどくし、ノミも置きます。この「違うな」って思う瞬間、自分以外のなにかが助けてくれているような気がしてるんです。

——わたしたちにはあらゆる神様、カムイがついていて、中にはいい神様も悪い神様もいるの。悪い神様って不思議に思われるけど、わたしたちにとっては普通の話。ほら、着物を縫うにしても襟や裾、袖口に刺繡が多いでしょう。そこから悪い神様が入り込んでこないようにするためです。

——アイヌの娘として、古き良きものを残す使命もありながら、それだけでは時代と離ればなれになってしまう。若いときに背伸びをしてでもブランドを立ち上げたのは、現代にどれだけ自然にアイヌの歴史をまぶしていけるかという挑戦でもありました。分断はある種の興味と尊敬を生むけれど、分断によって与えられる情報っていうのは、必ず飽きられると思うから。

——心に決めたことは、やり通します。栄養バランスを考えて食事を作るのと同じ。わたしはあらゆる方法を使って表現を続けます。望まれて仕事となって、お金を生んでくれることはありがたいです。

工房の薪ストーブでオハウという民族料理を作って待っていてくれたことで、心の距離がやっと縮まったと嬉しくなった際のことだった。健太郎は魚や野菜のたっぷり入った塩味のスープを飲み干し訊ねた。

「毎週のように工房で手仕事を撮らせていただきました。帰ってから編集する作業のなかでいつも思うことなのですが、赤城さんにとってこの地から世界に民族の誇りを発信するというのは、どんな意味があるのか、デザイナー赤城ミワにとって谷というのはどんな場所なのか、お聞かせいただけませんか」

健太郎が投げた問いには答えず、赤城ミワはしばらくのあいだノミで木を削り続けた。さくりと刃を入れては木を削る音だけが響く工房で、日が暮れるまで手元の映像を撮りながら、ミワが口を開くのをじっと待った。この質問はまだ早かったろうか。浮き足立つ自分を省《かえり》みながら、健太郎はカメラを回し続けた。

日もとっぷりと暮れて、健太郎が帰る時間が近づいてから彼女が「さっきの質問ですけど」と切り出した。

「発信の意味については、今後のわたしの仕事を見ていただいて、その上で感じ取っていただくのがいちばんのような気がします。通じなくてもいいとは言わないけれど、いまのわたしが言葉にしても、通じる先がとても少ないことはよくわかっているつもりだから。谷は生まれたところ。だから帰るところで、死ぬところでもあります」

映像と本人の肉声でつなぎ、できるだけナレーションの少ないドキュメンタリーにしたかった。王道だ。そのためにも、赤城ミワの言葉ひとつひとつを聞き漏らすことがあってはならなかった。

もう、いつまとめてもいいくらいの撮れ高がある。

テーマは迷いなく「アイヌの誇り　谷で生まれた女」だ。タイトルも同じでいい。

予定されているのは、翌年三月の放映。本来ならばとっくに会議にかけてチームの割り振りや絞り込んだテーマを打ち出さねばいけない時期だった。健太郎が作れなければ、控えの新人ディレクターのデビュー作品が流れる。有望な新人には厳しい教育係もついているので、プロデューサーも焦らせることなくじっくりと育てている。

いつ言い出そうかと思っていた矢先、思いもしなかったニュースが飛び込んできた。

『アイヌ紋様デザイナー赤城ミワ、フォトグラフアワード優秀賞受賞』

惜しくも大賞は逃したが、日本人の受賞は初めてだという。

会社のモニターに映し出されるミワのポートレートは数年前のものだ。しかし受賞作を見たときの健太郎は、口をぽっかりと開けたまましばらく動くこともできなかった。モノクロ写真の中央に、こちらに背を向けて座る女の裸の背中があった。うなじのあたりできっちりと切りそろえたつややかな髪。これは赤城ミワ本人ではないのか。作品の背景には健太郎が初めて工房を訪れた際にミワが取り組んでいた刺繡作品がある。なにより言葉を失ったのは、その作品と女の背中にある刺青がまったく同じデザインだったことだ。

右肩から左腰にかけ引き締まり美しい曲線を持つ背中に、一本の帯を巻き付けたような紋様が走っている。作品タイトルは「アイヌの娘」。

発表から三十分もしないうちに、局長が健太郎のところへとやってきた。

「久志木、お前まだあの企画を持ってるか」

「八十時間ぶんの映像、手元にあります。編集は十時間まで絞り込んであります」

局長の表情がぱっと華やぎ、すぐに鎮まる。

「お前、それ一度も企画会議に出してないよな」

言いたいことはわかっている。本来なら彼は健太郎の個人プレイを戒めなくてはいけない立場だ。

「ものになるかどうか、自信がなかったので。ある程度撮りためたところで相談しようと思っていました」

嘘ではないが本当でもない。局長はしぶしぶながら健太郎のいいわけを飲み込んだ。

「赤城ミワのドキュメンタリーだ。制作スタッフをすぐに集めろ。会議だ」

今回ばかりはあっさりと健太郎の提案が通った。ナレーションは女性のほうがいいだろうということになり、角松成美があてられた。

十時間まで絞り込んだ映像を観て、スタッフたちはみな健太郎を称えた。

とりわけミワが映像の中でたんたんと語ったひとことに、誰もが引きつけられた。

「民族という重荷はこの時代、アイヌに限らずこの国の誰もが持っているものだと思うんです」

角松成美が涙ぐんだことで、士気も上がってゆく。

新たな戦前と言われている世界情勢を、ここまで平易な言葉で伝えてくるミワに、ぐらりと心をつかまれ、同時に何かに試されているのだと実感する。番組は健太郎の思惑を超えて、なにか大きなものへと成長を続けていた。

編集作業にサブと直属の上司が加わったが、健太郎の我の強さによって人が離れてゆくといった場面はなかった。

翌朝健太郎は、いつ雪が落ちてきても不思議ではない空の下を谷に急いだ。

工房で出迎えてくれたミワはいつもとなにも変わらなかった。携帯電話がひっきりなしに震えているが、手に取ろうとする様子もない。

「受賞おめでとうございます。直接言えてよかったです。授賞式は、年明けすぐにイタリアですよね。忙しいときに来てしまってすみません」

「発表から、いろんな媒体のインタビューを受けました。ドキュメンタリー映像を撮らせてくださいっていうのもありましたけど、それはちょっと」

断ってほしいとは言えない。地方テレビ局などではなく、大型スポンサーがついている映像制作会社だったら、という思いも捨てきれない。

赤城ミワが幼いころから谷でどんな暮らしをしてきたのか、札幌を引き払った際の思いなどは、自分が撮った映像の中に溶け込んでいるはずだ。自分の作ったものがいちばん、という思いはいつもあった。

コーヒーを飲みながら、思い切って受賞作品となった「アイヌの娘」で見せた大胆な背中について訊ねた。

「受賞作品、赤城さんの背中との対比は見事でした」

「これは、ずっとずっと若いとき、父が彫りました。わたしは長いこと、背中に刻まれているものが自分を守ってくれていると信じてたの。だけど――」

コーヒーが冷めるくらいの沈黙が続き、薪の爆ぜる音が響く。

「やっと、自分の背中と向き合う勇気が湧いたってことなんだと思う。わたしを守るのは、わたし自身だったんです」

なぜ、カメラを回しているところで語ってもらわなかったのか。

自身の背に負ったものをセルフポートレートで世の中にさらすことが、彼女の内側で起こったひとつの事件なのだった。

健太郎はゆるやかに結末に向かって落ちてゆく自分の姿を想像する。自分の背中と向き合う勇気が湧いた、とミワは言った。震える声で質問する。

「自分の背中と向き合うって、どういう意味でしょうか」

ミワが今までで最も優しげな表情になった。同情されているのかもしれないと思ったところで、立て続けに薪が二度爆ぜ、同時にふつりと張り詰めたものが切れた。

「護られていると意識して暮らすのは、自分を半分なにかに委《ゆだ》ねているということです。誰かが守ってくれていれば、見なくて済みますし。自身の出自を客観的に眺めるには、離れたところに立つ必要があるんです」

そして、ぽつりと言った。

「授賞式には、出ません。少しのあいだここを離れるの。なので、当日の取材は受けられないんです。ごめんなさいね」

はっとして、改めて工房の中を見渡した。三つの作業台のどれにも、制作途中のものはなく、道具もひとまとめにされている。

工房を移すのかと問うたが、はっきりとした答えは返ってこなかった。代わりに、ダムに案内するという。ダウンを着込みミワの後をついて歩く。道路を挟んだダムまで百メートルも行くと、本来ならば渓谷だった場所には、べったりとした黒い水が横たわっていた。夏に資料映像として収めてあったが、あの頃とはまるで違う厳しさをたたえている。

水深四十五メートル、と彼女は言った。

「このくらいの水量で工業用水がすべてまかなわれるなんて、誰も思ってはいないの。それでも、政策として作られなければいけなかったんです。失われたものは大きくて、もう取り返しはつきません」

「谷は生きものにとっても民族にとっても、大切な場所だったと聞いています」

「川の底には、わたしの父が遊んだ川や神事の場所、祖父、その前、ずっと前からの先祖がいました。谷は、どんな姿になってもわたしたちの帰る場所です」

そして、いつになく軽やかな口調で自身の作品がルーブル美術館に展示されることに決まったと告げた。男たちが神事の際に身につける美しい装束だという。発表は年明けになるだろうと彼女は言った。

フォトアワードのニュースが吹き飛んでしまいそうな情報に、思わず体が浮きかけた。ミワはそんな健太郎には構わず、黒々とした水に体を向けたままだ。

「オヒョウの木の皮を剝いで煮込んで繊維を作り、織り上げて、刺繡をするんです。どんなに急いでも一年がかり。今回わたし、なぜ女たちがこんなに時間をかけて装束を作るのか、わかった気がしたんです」

時間をかけ美しく仕上げることで、血で汚してはいけないものとして存在するのではないか、とミワが言う。装束に血の染みを作らぬよう精いっぱいの祈りを込めて、女たちは布を織り魔除けの刺繡を凝らす。

「わたしたちは、自分たちの居住地というものをずっと守ってきました。他人の土地には勝手に入らないという大切な決まりごとがあるんです。すべてを話し合いで決めてきた民族にとって、刀剣は美しく舞い、邪気を払うための道具であって人を傷つけるものではないし。諍《いさか》いはどんな理由であれ、美しくはないんです」

付け焼き刃の知識から「イオル」という言葉を引っ張り上げた。代々、一族の有するイオルには決して侵入してはいけないのだ。

「撮影と取材は、今日で終えていただいてもいいですか」

曇天のダム湖を見下ろしながら、ミワが言った。健太郎は彼女の静かな口調によって、自分の作ろうとしているものはまったく、赤城ミワの思うところまで届いていないと知らされたのだった。


授賞式の映像がないまま、三月の初めに「アイヌの誇り——谷で生まれた女」が放送された。フォトアワードとルーブルでの作品展示については、どのメディアも作者不在の映像しか流せなかった。誰もいま、彼女に連絡を取れていないのだ。

健太郎は、ひっきりなしに感想を伝えたがって震える携帯電話を見た。どの着信にも応える気力が湧いてこない。ああこれが、とひとりごちる。

自分の背中が見えないということか。

これは今年のナンバーワンだろうと誰に言われても、少しも心が動かなかった。誰に褒められようとも、当の赤城ミワは決して認めない。なにより健太郎自身が何を見て、何を残したのか。いったい何を成したのか、さっぱりわからないのだった。

リベンジが大好きなホームラン野郎もここまでではないかと、肩先から力が抜けてゆく。自分の背中を守っているものはなんだろう。しばし目を瞑った。名刺の肩書きか、自身の食《く》い扶持《ぶち》を稼いでいるという自負か、自己顕示欲か。

目を閉じれば、谷に通い続けた日々に聞いたミワの声が降ってくる。どんな喧噪のなかでも、ひときわ大きく頭の中に響いた。

——わたしを守るのは、わたし自身だったんです。

健太郎は、手負いの美しい生きものが森に消えてゆく背中を想像した。

見ることもなく生きてゆかねばならない健太郎自身の背中は、冬が終わっても温まることがなかった。

初出誌『オール讀物』

谷から来た女　二〇二一年十一月号
ひとり、そしてひとり　二〇二二年三・四月号
誘う花　二〇二二年九・十月号
無事に、行きなさい　二〇二三年二月号
谷へゆく女　二〇二三年三・四月号
谷で生まれた女　二〇二三年九・十月号

著者

桜木紫乃

Shino Sakuragi

一九六五年、北海道生まれ。二〇〇二年「雪虫」でオール讀物新人賞を受賞、〇七年『氷平線』を刊行。一三年『ラブレス』で島清恋愛文学賞、同年『ホテルローヤル』で直木賞、二〇年『家族じまい』で中央公論文芸賞を受賞。『起終点駅《ターミナル》』『蛇行する月』『ブルース』『それを愛とは呼ばず』『砂上』『孤蝶の城』など著書多数。近著に『ヒロイン』『彼女たち』（写真　中川正子）がある。

装画／貝澤珠美
装丁／大久保明子

谷《たに》から来《き》た女《おんな》

二〇二四年六月十日　第一刷発行

著　者　桜木《さくらぎ》紫乃《しの》
発行者　花田朋子
発行所　株式会社文藝春秋
〒一〇二－八〇〇八
東京都千代田区紀尾井町三－二三
電話　〇三－三二六五－一二一一（代）
印刷所　精興社
製本所　加藤製本

ISBN978-4-16-391855-6